세상S 현대 판타지 장편소설
WISHBOOKS MODERN FANTASY STORY
네 멋대로 던져라

네 멋대로 던져라 3

세상S 현대 판타지 장편소설

초판 1쇄 찍은 날 | 2018년 9월 5일
초판 1쇄 펴낸 날 | 2018년 9월 12일

지은이 | 세상S
펴낸이 | 예경원

기획 | 위시북스
편집책임 | 이규재
편집 | 위시북스

펴낸곳 | 예원북스
등록번호 | 제396-2012-000132호
등록일자 | 2012. 7. 25
KFN | 제1-303호

주소 | 경기도 고양시 일산동구 호수로 646-24 위너스21II빌딩 206A호 (우)10401
전화 | 031-819-9431 팩스 | 031-817-9432
E-mail | yewonbooks@naver.com

ISBN 979-11-89450-28-1 04810
979-11-89348-96-0 (set)

※ 이 도서의 국립중앙도서관 출판시도서목록(CIP)은 서지정보유통지원시스템 홈페이지(http://seoji.go.kr)와 국가자료공동목록시스템(http://www.nl.go.kr/kolisnet)에서 이용하실 수 있습니다.

3
임시 선발
세상S 현대 판타지 장편소설
WISHBOOKS MODERN FANTASY STORY
네 멋대로 던져라
Wish Books

네 멋대로 던져라

CONTENTS

14장
마이너

1.

이글거리는 태양이 내리쬐는 오후.

오늘은 경기가 없었기에 비즈의 선수들은 솔트레이크 구장으로 나와 간단히 몸을 풀었다. 야수들은 운동장에서, 투수들은 불펜에서 약 20~30개씩 공을 던지며 컨디션을 조절했다.

펑!

"하나 더!"

펑!

"나이스 볼!"

"펑!"

그중 구현진이 마지막 공을 던지고 한쪽에 마련된 벤치로 이동했다.

"날씨 한번 오지게 덥네!"

구현진은 가만히 있어도 흐르는 땀에 점점 지쳐갔다. 수건을 들어 흐르는 땀을 닦아내고, 옆에 있는 아이스박스를 열어 물을 꺼냈다.

"아이고, 힘들다!"

구현진이 물을 벌컥벌컥 마셨다. 그 옆으로 혼조가 다가와 앉았다.

"물 많이 마시지 마. 그러다가 탈 난다."

"땀을 뺐으니 보충해 줘야지. 이 땀 봐봐, 너무 덥잖아!"

구현진은 흐르는 땀을 보여주었다. 그러자 혼조가 낮게 한숨을 내쉬었다.

"참아. 미국에 이곳보다 더운 곳이 얼마나 많은데. 이 정도 더위는 더운 것도 아니야."

"제기랄! 미국에 오는 게 아니었는데……."

구현진의 인상을 팍 쓰며 중얼거렸다. 그러자 혼조가 곧바로 받아쳤다.

"진짜 그렇게 생각해? 그럼 한국으로 돌아가!"

"야! 말이 그렇다는 거지!"

구현진과 혼조 두 사람은 단 하루 사이에 매우 친해졌다. 역시 배터리는 공을 주고받으면 무언가 통하는 것이 있는 모양이었다. 무엇보다 언어의 장벽이 없다는 게 큰 도움이 됐다.

혼조가 구현진 옆에서 장비를 하나씩 벗었다. 혼조도 이미 땀으로 흠뻑 젖어 있었다.

"너도 땀을 흘리는구나."

"그럼 내가 로봇이냐? 이 너위에 땀을 안 흘리게?"

"그런데도 더위는 잘 안 타는 것 같아."

"익숙해진 거지."

혼조는 피식 웃으며 장비를 마저 벗었다. 그리고 흐르는 땀을 수건으로 닦은 후 휴식을 취했다.

그 모습을 지켜보던 구현진이 조심스럽게 물었다.

"오늘 내 공 어때?"

"뭐, 전체적으로 고만고만해. 괜찮은 것 같아."

"포심은?"

"지난번이랑 달라진 게 없는데?"

혼조가 무심하게 툭 던졌다. 그러자 구현진이 살짝 인상을 썼다.

"넌, 칭찬하는 법이 없어."

"난 사실을 말할 뿐이야."

"그럼 결정구는 뭐로 가?"

"포심으로 가야지!"

"별로라며!"

“별로이긴 한데…… 그중에 포심이 제일 괜찮아.”

“이야, 이거 완전 나쁜 놈이네?”

구현진과 혼조는 말장난하며 서로 이야기를 나누었다.

“그런데 내가 상대해야 할 팀은 어디지?”

구현진의 물음에 혼조가 무심히 말했다.

“피프티원스!”

“피프티원스? 거기가 어딘데?”

“아, 라스베가스에 있는 곳인데 메츠 산하에 있는 마이너리그 팀이야. 퍼시픽리그에서 제법 강팀에 속해.”

“그래?”

구현진의 표정이 다소 진지해졌다.

“하지만 너의 구위라면 충분히 해볼 만한 팀이야.”

“어라? 웬일로.”

구현진은 약간 의외라는 듯 혼조를 바라보았다.

“크흠! 난 언제나 사실을 말할 뿐이야.”

“아, 예에……. 그러시군요. 고맙습니다.”

구현진이 피식 웃으며 얘기한 후 시선을 다시 불펜 쪽으로 돌렸다. 투수들은 무더운 날씨 아래에서도 공을 던지며 컨디션을 점검하고 있었다.

그때 한 선수가 불펜으로 들어왔다. 어제와 오늘 이틀 동안 보지 못했던 선수였다.

"어? 처음 보는 얼굴인데?"

구현진은 그가 오늘 새롭게 영입된 투수라 생각했다.

그는 약간 까만 피부에 큰 키를 자랑하고 있었다. 그런데 그 투수는 망설임 없이 첫 번째 불펜으로 걸어갔다. 그러자 그곳에서 던지던 불펜 투수가 녀석을 발견하고는 곧장 자리를 피해주는 것이 아닌가. 그리고 녀석은 당연하다는 듯이 그 자리를 차지하고 마운드를 골랐다.

"어라? 저 녀석 뭐야?"

구현진이 약간 황당한 얼굴로 중얼거렸다. 그러자 혼조가 구현진을 보며 물었다.

"왜 그래?"

"저 녀석 말이야. 처음 보는 녀석인데?"

"누구?"

구현진이 중얼거리며 가리키자 혼조의 시선이 따라갔다. 1번 불펜에서 몸을 풀고 있는 녀석을 보고는 짧게 탄성을 질렀다.

"아, 볼케스!"

"볼케스?"

"저 녀석 메이저리거야."

"메이저리거?"

구현진의 눈이 다시 커졌다. 메이저리그에서 공을 던지는 선수를 직접 보는 게 믿어지지 않았다.

눈을 반짝이며 볼케스를 보는 구현진을 보며 혼조가 피식 웃었다.

“조나단 볼케스! 도미니카공화국 28살. 우완 정통파 투수, 최대 구속 99mile/h(≒159㎞/h). 3년 전, 5천만 달러로 에인절스와 계약. 작년 14승 7패, 3.68의 방어율을 기록 시즌 커리어 하이를 기록. 하지만 이번 년에 들어와서 4승 10패로 5.17로 부진. 현재는 햄스트링 부상으로 쉬는 중인데, 오늘 투구 연습하러 나왔나 보네.”

구현진이 다소 놀란 얼굴로 혼조를 바라보았다.

“우와, 너 그런 걸 다 외우고 다니냐?”

“난 포수야, 메이저리그에서 뛰는 투수와 트리플 A의 모든 투수에 대한 것은 다 여기에 있어.”

혼조가 자신의 손가락으로 머리를 툭툭 건드렸다.

“이야, 대단하네. 그런데 올해는 왜 갑자기 부진했지?”

“뭐, 상대 팀 분석에 노출되었을 수도 있고, 아니면…….”

“아니면?”

“그걸 내가 어떻게 알아? 항간에는 새가슴이라는 말이 나돌긴 하지마는…….”

“새가슴?”

“올해 초부터 갑자기 얻어맞기 시작하더니 후반기 들어와서는 스트라이크를 던지지 못한다는 거야.”

"그래?"

구현진의 시선이 볼케스에게 향했다.

"뭐, 코칭스태프들은 정신적인 문제가 가장 크다고 판단해서 정신과 치료도 받는다고 하더라고."

"정신과 치료까지?"

"스트라이크를 던지지 못하니까. 혹시 던졌다가 또 맞지는 않을까, 그런 생각이 머릿속에 가득하다는 거지. 뭐, 그거야 당사자만 알지, 내가 아냐? 그래도 평균 구속도 빠르게 나오고, 제구력도 좋아! 에인절스는 작년만큼만 던져주길 바라고 있지. 솔직히 구단 입장에서는 계약금 5천만 달러가 아깝잖아, 어떻게 해서든지 뽑아내려고 하겠지."

"그렇구나……."

혼조가 볼케스에 대해 상세히 설명해 주는 와중에도 구현진의 시선은 볼케스에게 고정된 채였다.

"어쨌든 저 녀석이 메이저리그 투수라는 거지?"

구현진의 중얼거림을 들은 혼조가 눈을 크게 떴다.

"뭔 소리야?"

"볼케스, 저 녀석이 메이저리그 투수라는 거잖아? 안 그래?"

"그, 그거야 그렇지만……. 너 설마?"

"일단 인사라도 하고 올까?"

구현진이 입꼬리를 슬며시 올리며 자리에서 일어났다. 그러자 혼조가 당황하며 구현진의 팔을 붙잡았다.

"야, 볼케스에게 가려고?"

"왜? 안 돼?"

"가서 뭐 하려고?"

"인사?"

"인사만 할 거야?"

"글쎄……. 나도 잘 모르겠네."

구현진의 말에 혼조는 고개를 절레절레 흔들었다.

"너, 볼케스하고 뭔가 하려고 하지?"

"그냥 인사라니까!"

구현진이 몸을 돌려 걸어갔다. 그 뒤를 혼조가 불안한 얼굴로 뒤따랐다.

조나단 볼케스가 가볍게 투구를 하고 있었다.

펑!

"굿 잡! 볼케스!"

공을 잡는 반즈가 소리쳤다. 공을 건네받은 볼케스가 다시 투구를 이어가기 위해 투구판을 밟았다. 그런데 그 옆으로 구현진이 나타났다.

"안녕! 난 구현진이야. 반갑다."

구현진이 손을 들어 먼저 인사를 건넸다. 하지만 볼케스는 한 번 힐끔 보고는 고개를 홱 돌려 버렸다.

"후후. 무시한다, 이거네."

구현진은 피식 웃었다. 그렇다고 물러설 구현진이 아니었다.

"얘기 듣기로는 네게 메이저리그 투수라며? 혼조 통역해!"

"아, 알았어."

혼조가 곧바로 통역해 주었다. 그러자 볼케스가 힐끔 구현진을 보았다.

"이제야 보네. 메이저리그 투수 대접은 받고 싶었던 모양이네."

혼조가 불안한 눈빛으로 물었다.

"야, 이 말도 통역해?"

"당연하지."

"그래도 그건 좀……."

혼조가 난감해하자 구현진이 인상을 팍 썼다.

"야, 그래야 내 감정이 고스란히 녀석에게 전해지지!"

"내 눈에는 볼케스에게 시비를 거는 것으로밖엔 안 보이니까 그렇지!"

"맞아! 난 지금 이 녀석에게 싸움을 걸고 있는 거야."

"구……."

혼조의 눈이 커졌다. 구현진은 자신을 바라보는 볼케스와 눈을 똑바로 직시했다.

"괜찮으니까, 통역해."

그때 반즈가 뛰어왔다.

“헤이, 구! 지금 뭐 하는 거야?”

“그냥 인사하는 거야! 인사!”

“연습 중에 뭐 하는 짓이야? 넌 매너도 없어?”

“그래서 그 매너라는 것을 좀 알려 달라고 하는 거잖아?”

구현진은 볼케스에게서 눈을 떼지 않으며 말했다. 볼케스가 한참을 바라보더니 피식 웃었다. 그리고 무서운 얼굴로 말했다.

“꺼져!”

볼케스가 간단하게 말하고는 반즈를 보았다.

“반즈, 네 자리로 돌아가!”

혼조가 더욱 난감해하며 구현진에게 말했다.

“저기, 볼케스가…….”

“됐어, 통역하지 않아도 돼. 충분히 알아들었으니까.”

구현진의 입꼬리가 비틀어졌다.

“이거 오랜만에 괜찮은 녀석을 만났는데…….”

구현진이 볼케스 앞으로 갔다. 볼케스가 눈을 크게 떴다.

“비켜!”

“싫은데?”

“좋은 말로 할 때, 꺼지라고 했다.”

볼케스가 눈을 부라리며 위협했다. 하지만 구현진은 당당하게 그의 눈을 바라보았다.

"인사를 했으면 받아줘야지. 예의가 없는 건 그쪽 아니야? 네가 뭐 얼마나 대단해서 메이저리거 대접을 받는지 모르겠지만, 그렇다고 사람을 무시해?"

볼케스의 주먹이 불끈 쥐어졌다. 당장에라도 구현진의 머리를 한 대 후려갈겨 주고 싶었다. 하지만 볼케스는 말썽을 일으키고 싶지 않았다.

"흥! 반즈! 여기서 못 던지겠군. 실내 불펜으로 가자."

볼케스가 몸을 돌렸다. 그러자 곧바로 구현진이 콧방귀를 꼈다.

"볼케스! 도망치는 거야? 왜? 고작 160만 달러짜리 동양인이 5천만 달러짜리한테 덤벼서 기분이 상했나? 아님, 상대할 가치도 없다고 생각해?"

볼케스가 천천히 몸을 돌렸다.

"그래! 상대할 가치가 없다!"

"오호, 그래? 하긴 메이저리그 투수인데 여기 있으니 자존심이 상하겠지. 아닌가? 오히려 여기 있으니까, 다른 마이너리그 선수들에게 대접받고 좋은 거 아냐? 그렇지, 자신이 왕이라도 된 것 같겠지."

구현진의 비꼬는 말에 볼케스의 눈썹이 꿈틀거렸다. 볼케스가 몸을 확 돌려 구현진 앞으로 갔다.

"후훗! 겁대가리를 상실했구나!"

"난 원래 겁대가리 자체가 없는 놈이야. 그보다 자신 있으면 날 한번 눌러보시든가. 메이저리거의 공이 얼마나 대단한지 보여보란 말이야!"

구현진의 도발에 볼케스가 피식 웃었다.

"내가? 너랑? 수준이 안 맞는데 그게 가능하다고 생각해?"

"왜? 쫄았냐, 짜샤! 자신 없으면 도망가든가, 왜 이렇게 말이 많아?"

볼케스가 무서운 눈으로 구현진을 쳐다봤다. 구현진 역시 볼케스의 눈을 피하지 않았다.

"좋아! 메이저리그가 어떤 곳인지 똑똑히 보여주지. 반즈, 그거 좀 설치해 줘."

"아, 알았어."

반즈가 뛰어가고 잠시 후 홈 플레이트 근처에 하나의 그물망이 설치되었다. 투수들이 제구력을 높이기 위해 사용하는 그물이었다. 스트라이크존을 보여주는 것으로 원래는 총 9칸으로 구성되어 있었다.

그런데 반즈가 가지고 온 그물은 좀 특이했다. 총 16칸으로 구성된 그물이었다. 한마디로 좀 더 세밀한 제구력을 요구할 때 사용하는 그물이었다.

"너도 본 적 있겠지? 게임 방식은 간단해. 열두 개의 공을 던져 가운데 네 칸을 뺀 나머지 열두 칸에 하나씩 넣는 거야. 구종은 상관없어. 단, 구속을 떨어뜨려선 안 돼. 네 평균 구속이 얼마나 될지는 모르겠지만, 만약 그보다 떨어진 상태라면 무효. 또, 한 번 넣은 자리는 막아버릴 거다. 같은 곳으로 던져봤자 의미 없지. 이 룰로 누가 더 많은 공을 넣느냐가 조건이다. 할 테냐?"

구현진이 설명을 듣고 가볍게 고개를 끄덕였다.

"오호, 재미있네. 좋아, 그렇게 하지."

하지만 옆에서 지켜보는 반즈는 이 게임을 한다는 자체가 어이없었다.

"볼케스! 이제 갓 더블A에서 올라온 녀석이야. 베테랑인 네가 굳이 녀석을 상대하지 않아도 돼!"

"내가 베테랑이든 신입이든 상관없어. 메이저리그는 오로지 실력으로 말한다. 이 애송이가 그만한 대우를 받을 실력이 있는지 알아봐야겠어."

볼케스의 말에 반즈가 어쩔 수 없이 고개를 주억였다.

한편 구현진은 글러브를 착용하고 마운드에 올랐다. 그 옆으로 혼조가 다가왔다.

"너도 참……."

"왜?"

"넌 낯짝이 참 두꺼워! 아니지, 무슨 배짱이냐?"

"큰 무대에 올라가기 위해서는 자신을 어필할 줄도 알아야지. 그리고 나 배짱 빼면 시체야!"

구현진이 웃으며 말했다. 몸은 이미 풀었기에 곧바로 공을 던질 준비를 했다.

"자! 그럼 먼저 간다!"

구현진의 초구가 정확히 오른손 타자 몸 쪽 칸에 들어갔다. 공이 들어간 곳은 곧바로 테이프로 막았다.

팟!

"오오!"

"대단한데!"

"구속도 빨라! 94마일은 충분히 나오겠는데."

주변에서 구경하던 동료들이 놀라고 있었다. 그러는 사이 볼케스는 담담한 표정으로 지켜보았다.

구현진은 공 하나하나에 집중력을 높였다. 하지만 공 한 개 반 크기의 그물망 안으로 공을 집어넣기란 쉽지 않았다.

물론 구현진의 제구력은 탁월했다. 하지만 약간의 실수로 공 두 개가 불발되어 총 12개의 공 중 10개를 넣을 수 있었다. 이는 메이저리그 투수라고 해도 쉽지 않았다.

구현진은 2개를 놓친 것이 못내 아쉬웠다.

"칫! 아깝네."

하지만 지켜보던 선수들은 놀라움을 감추지 못했다.

"저, 저 녀석. 제구력이 장난 아닌데? 그렇다고 전혀 구속도 떨어지지 않았어!"

"주, 중간에 변화구도 던졌던 것 같은데……."

"빗나, 체인지업과 슬라이더 그리고 커브까지 던졌어. 그런데도 완벽하게 제구가 되었어."

"저 녀석 다시 봐야겠는데."

구현진을 바라보는 동료들의 눈이 달라졌다. 구현진 역시 이 정도면 만족했다.

구현진이 마운드를 내려오며 볼케스를 보았다.

"이제 네 차례야!"

"훗, 고작 그 정도 수준으로……."

볼케스가 마운드로 올라가 투구판에 발을 올렸다. 그 상태에서 구현진을 쳐다보았다.

"12개 중에서 10개라……. 설마 그 정도로 괜찮다고 만족한 것은 아니겠지?"

"뭐?"

"지금부터 똑똑히 지켜봐! 메이저리그 투수가 던지는 공을!"

볼케스는 천천히 마운드의 흙을 스파이크로 다진 후 호흡을 골랐다. 그리고 키킹을 하더니 힘차게 공을 던졌다.

날카롭게 뻗어간 공은 정확하게 바깥쪽 칸을 찌르며 들어갔다. 그 뒤로 볼케스의 공은 조금의 오차도 없이 각각의 칸을 채워 나갔다.

"오오, 역시 메이저리거!"

"역시 볼케스인가?"

"하긴 메이저리그 물을 먹은 놈이니까."

"저 정도 제구력인데도 메이저리그에서 통하지 않는 건가?"

"무슨 다른 이유라도 있겠지."

"잘하면 저 공을 칠 수도 있겠는데……."

메이저리거의 투구를 지켜보며 몇몇은 절망하고, 몇몇은 강한 자신감을 드러냈다.

"젠장! 메이저에서 던지려면 저 정도는 해야 한다는 건가."

주변 동료들은 낮은 탄성과 함께 메이저리그의 높은 벽을 다시 한번 느끼고 있었다.

구현진 역시 볼케스의 투구 모습을 보고 살짝 놀랐다. 깔끔한 투구 동작과 빈틈없는 제구력, 무엇보다 흐트러짐 없이 완벽한 투구 밸런스를 보여주고 있었다.

'역시 메이저리그 투수가 다르긴 다르구나.'

구현진 역시 감탄했다. 그러면서 좀 억지를 부렸지만 대결하길 잘했다는 생각이 들었다.

'이 정도라면 나도 가능성이 보이는데…….'

볼케스가 12개의 공을 깔끔하게 처리한 후 마운드를 내려와 구현진 앞에 섰다.

"어때, 제대로 확인했나?"

"그래, 제대로 봤어! 역시 메이저리그 투수의 공이 다르긴 하네!"

"흥!"

볼케스가 콧방귀를 끼며 구현진을 지나쳐 걸어갔다. 그러다가 걸음을 멈춘 볼케스가 천천히 입을 열었다.

"제법이더군. 배짱 하나는 통하겠어. 하지만 메이저리그는 그것만으로 있을 수 있는 곳이 아니다. 메이저리그의 마운드에 올라서고 싶다면 한참 멀었어."

볼케스가 천천히 몸을 돌려 구현진을 바라보았다. 구현진 역시 볼케스를 똑바로 응시했다.

"그래서 말이야, 내가 한 가지 충고하지. 너의 포심 패스트볼은 충분히 가능성이 있어. 그걸 좀 더 갈고닦아. 그리고 구석을 노려라! 패스트볼이든, 변화구든, 네가 원하는 구석에 정확하게 찔러 넣을 수 있도록 해. 단순히 그냥 공을 넣는 것이 아니라, 너의 몸이 기억하도록. 구석에 걸치는 공의 감각을 컨트롤할 수 있도록 갈고닦아! 그럼 너도 언젠가 당당히 메이저리그 마운드에 설 수 있을 테니까. 지금 내가 해줄 수 있는 말은 여기까지다."

볼케스는 볼일이 끝났다는 듯 몸을 돌려 걸어갔다.

그런 구현진은 볼케스의 등을 향해 소리쳤다.

"고마워!"

볼케스가 희미하게 미소를 지었다.

그로부터 일주일 후. 볼케스는 비즈에서 한차례 선발 등판한 후 곧바로 메이저리그로 콜업되었다.

2.

9월 메이저리그 로스터 확장 소식이 전해지고, 마이너리그에 있던 선수들이 하나둘 올라갔다. 그중에서 구현진과 혼조, 호세 브레유는 선택받지 못했다.

특히 호세 브레유 같은 경우는 충분히 실력이 있음에도 무슨 이유인지 콜업이 안 되었다. 호세 브레유는 많이 실망했지만, 그때뿐이었다. 아직 실력이 부족해 올라가지 못했다고 생각하고 또다시 마음을 다잡았다.

구현진 역시 혹시나 하는 마음이 있었다. 트리플 A에서도 선발로 2경기에 나서서 빼어난 성적을 거두었다. 그래서 로스터 확장 때 조금 기대했었다.

물론 기대만큼 실망도 컸다.

로스터 확장 발표가 있고 난 뒤 구현진, 혼조, 호세 이 세 명은 나란히 구장 근처 레스토랑에서 위로의 식사를 했다. 그 후 세 사람은 단짝이라도 된 것처럼 급속도로 친해졌다.

그리고 9월 둘째 주.

오늘 구현진은 록 익스프레스와의 경기에 선발로 나서게 되었다.

비즈의 홈구장인 스프링 볼파크에는 제법 많은 관람객이 들어차 있었다. 전광판에는 오늘 선발로 내정된 구현진의 이름이 올라가 있었다.

구현진은 롱토스로 가볍게 몸을 풀었다. 잠시 후 경기 시작 시간이 되고, 양 팀 선수들이 운동장 안으로 쏟아져 나왔다. 그 안에 구현진이 당당한 모습으로 서 있었다.

록 익스프레스는 메이저리그 레인저스 산하에 있는 팀이었다. 레인저스는 추신우 선배가 있는 팀으로 유명했다.

마운드 위에 선 구현진은 트리플 A에서 몇 차례 선발로 등판한 경험으로 이미 적응을 마친 상태였다.

백네트 뒤쪽으로 스피드 건을 든 관계자들이 자리했다.

"관람객이 꽤 많이 왔네."

"그러게, 평소보다 훨씬 많아."

관계자들도 갑자기 많이 들어찬 관중들을 보며 다소 놀라고 있었다.

"아마 구가 선발로 나섰기 때문이겠지. 오늘은 또 삼진을 몇 개나 잡아낼지 궁금하군."

"저기 있는 한국인 투수? 잘해?"

"이봐, 그동안 뭘 본 거야? 한국에서 온 구현진이라 하면 모르는 사람이 없을 정도인데."

"그래? 저 녀석이 공을 그렇게 잘 던져?"

"거참. 이 친구하고는. 잘 보라고. 곧 있으면 포심 패스트볼로 시원하게 삼진을 잡아낼 테니까."

"그래?"

"어? 저기 나왔다! 못 믿겠으면 직접 눈으로 확인해 봐. 여기 있는 사람들 대부분이 아마 구현진의 투구를 보려고 왔을걸?"

"그거야 네 말대로 직접 보면 알게 되겠지."

"봐, 저 폼만 봐도 느낌이 오지?"

그들은 구현진의 연습 투구 모습을 유심히 지켜보았다. 깔끔한 투구 동작과 투구 밸런스가 제법이었다.

"뭐, 괜찮긴 하네."

"괜찮은 정도가 아니라니까!"

"그런데 왜 이번에 메이저리그에 못 올라갔대?"

"나도 그게 의문이야. 충분히 올라갈 실력이 되는데도."

"못 올라갈 만한 이유가 있겠지!"

"나는 전혀 안 그래 보였는데……. 트리플 A에서의 성적이 앞선 선발 2경기 빼고는 없어서 그랬나?"

"그렇겠지. 데이터가 적으니 구단에서도 아직 확실히 믿기 어려웠겠지."

"그거야 오늘 경기 보면 확실하게 믿음이 갈 텐데……."

그사이 연습 투구를 마친 구현진이 마운드를 내려와 로진백을 툭툭 건드렸다.

경기가 시작되기 전 혼조가 마운드에 올라갔다. 요즘 들어 혼조가 선발로 나서는 경기가 많았다. 아니, 주전 포수 반즈가 로스터 확장으로 메이저리그에 콜업된 후 경기 대부분에 혼조가 나서고 있었다.

"좀 어때?"

"뭐가?"

"긴장되냐?"

"긴장되지 않으면 거짓말이지."

"그래도 이제 세 번째 선발 등판이잖아!"

"이 마운드에 서면 말이야. 언제나 처음 공을 던지는 것처럼 긴장되고 설렌다고."

"후후, 알았다. 일단 하나씩 잡아나가자!"

"그래! 언제나 그랬듯 리드 부탁한다."

혼조가 고개를 끄덕인 후 자신의 자리로 돌아갔다. 구현진도 로진백을 던져놓고 마운드에 올랐다.

마이클 본 감독은 운동장을 바라보며 오늘 경기에 대한 생각에 잠겼다. 그때 에릭 오가 슬쩍 눈치를 살피더니 마이클 본 감독에게 다가갔다.

"저기 감독님."

"에릭, 여긴 무슨 일로?"

"드릴 말씀이 있어요."

"뭔가?"

"잠시 귀 좀……."

에린 오가 마이클 본 감독의 귀에 입을 가져다 댔다. 그리고 에릭 오의 입술이 빠르게 움직였다. 마이클 본 감독은 순간 놀란 눈이 되었다.

"정말?"

"네, 지금 지켜보고 계십니다."

"쳇! 내가 그렇게 올리려고 할 때는 안 된다고 하더니……. 구에게는 경기 끝날 때까지 말하지 말고."

"알았어요."

에릭 오는 얘기를 끝내고 더그아웃을 나갔다. 마이클 본 감독은 투구할 준비를 하는 구현진에게 시선을 보냈다.

"좀 더 경험을 쌓게 한다더니……."

마이클 본 감독이 자리에서 일어나 운동장으로 나갔다. 그리고 괜히 손뼉을 치며 선수를 격려한 후 몸을 돌려 힐끔 관중석을 보았다. VIP 전용 부스가 아닌 일반 관람석 자리로 시선이 갔다. 그곳에 검은 선글라스를 착용한 한 명의 사내가 앉아 있었다.

"정말 왔군."

잠시 사내를 바라보던 마이클 본 감독은 아무 일도 없었다는 듯이 자신의 자리로 가서 앉았다.

그 후 심판이 경기 시작을 알렸다.

"플레이볼!"

대기타석에 있던 록 익스프레스의 1번 타자가 좌타석에 들어섰다. 오늘 록 익스프레스 라인업은 1번만 빼고 대부분 우타자였다.

좌투수인 구현진을 공략하기 위한 라인업이었다.

하지만 구현진에게는 크게 상관이 없었다. 그동안 좌타자건 우타자건 연연하지 않고 공을 던져왔다.

구현진이 마운드의 흙을 고른 후 가볍게 호흡을 내쉬었다.

"후우."

구현진은 혼조의 미트를 보며 초구 사인을 확인했다. 그리고 천천히 키킹 동작을 취한 후 힘껏 공을 던졌다.

구현진이 던진 공은 바깥쪽으로 빠르게 들어가는 공이었다.

퍼엉!

"스트라이크!"

초구 96mile/h(≒154㎞/h)의 공으로 스트라이크를 잡으며 산뜻하게 출발하는 구현진이었다.

공을 건네받은 구현진은 2구째 던질 준비를 하였다. 혼조가 미트를 바깥쪽으로 들었다.

그런데 미세하게 공 한 개 정도 빠진 상태였다.

구현진이 고개를 끄덕인 후 힘차게 공을 던졌다. 구현진이 던진 공은 혼조가 원하는 코스로 정확하게 날아갔다.

그때 1번 타자의 방망이가 움직였다. 초구 스트라이크를 본 상태라 비슷한 코스로 들어오는 공에 자신도 모르게 반응하고 만 것이다.

하지만 공이 생각보다 멀었다.

"제길!"

1번 타자는 왼손을 놓으며 방망이를 길게 뺐다.

딱!

공은 간신히 방망이 끝에 맞으며 3루로 굴러가는 땅볼 타구가 되었다. 비즈의 3루수가 가볍게 캐치해 1루에 던져 아웃을 만들었다.

"좋았어."

1번 타자를 2구 만에 처리한 구현진은 이어서 2번 타자를 상대했다.

2번 타자는 구현진의 초구부터 커트하였다.

딱!

2구째 공은 낮은 코스로 들어오는 공이었다. 그 공에는 움찔할 뿐 반응하지 않았다. 하지만 스트라이크로 들어오는 공에는 여지없이 방망이를 휘둘렀다.

그러나 록 익스프레스의 2번 타자는 때리는 족족 구현진의 구위에 눌려 파울만 만들 뿐이었다. 그렇게 3구, 4구째까지 파울이 이어졌고 5구째 스트라이크존을 벗어난 볼을 지켜보았다.

5구를 던진 현재 볼 카운트는 2스트라이크 2볼이 된 상황이었다. 구현진은 공을 건네받고 살짝 인상을 썼다.

"성가신 타자네."

선구안이 좋은 타자는 어느 투수든지 까다로웠다. 유인구를 던지다 볼넷으로 보내는 경우가 종종 있는데, 투수들이 가장 싫어하는 유형이었다.

혼조 역시 까다로운 타자라는 것을 알았다.

'첫 타자를 2구 만에 잡아서 2번 타자 역시 빠르게 잡고 싶었는데…….'

혼조는 더 이상 포심 패스트볼은 아니라 판단하였다. 그래서 처음으로 손가락을 움직였다.

구현진 역시 2번 타자부터 사인을 보내자 다소 놀란 표정을 지었다.

'뭐야? 벌써?'

'어쩔 수 없어. 이런 까다로운 타자를 상대로 계속해서 포심 패스트볼은……. 지금 포심 패스트볼에 타이밍이 맞춰져 있을 때 브레이킹 볼로 타이밍을 뺏자!'

혼조의 의도를 알고 있지만, 구현진은 솔직히 아쉬웠다. 좀 더 구속을 올리면 방망이를 헛스윙으로 이끌 수 있을 것 같았다. 하지만 아직 초반이었다. 여기서 힘을 쏟아부을 이유가 없었다.

'알았어!'

구현진이 가볍게 고개를 끄덕이며 자세를 잡았다. 글러브 안에서 체인지업 그립을 쥐고는 힘껏 던졌다.

후앗!

공이 바깥쪽 스트라이크존을 파고들자 2번 타자의 방망이가 움직였다.

그런데 공에 브레이크가 걸린 듯 날아오다가 잠깐 멈춘 듯 보였다. 하지만 방망이는 이미 돌아가고 있었다.

'걷어내야 해!'

2번 타자는 타격 밸런스를 무너뜨리며 무릎을 가볍게 내렸다. 그리고 구현진의 체인지업을 툭 하고 건드렸다.

공은 아슬아슬하게 유격수와 3루수 사이를 꿰뚫는 안타가 되었다.

"이런……."

구현진은 헛스윙을 이끌어낼 줄 알았다. 그런데 2번 타자가 잘 쳤다고 볼 수밖에 없었다.

"제기길!"

구현진이 불만스럽게 투덜거렸다. 그 모습을 본 혼조가 소리쳤다.

"이번에 공이 좀 높았어!"

"그래, 알고 있어. 미안!"

구현진이 자신의 가슴을 툭툭 건드리며 사과했다. 체인지업이 제대로 떨어지지 않았다. 구속만 느려졌을 뿐 딱 치기 좋은 공이었다.

그나마 다행인 것은 장타로 이어지지 않았다는 것이었다. 그것을 위안으로 삼고 구현진은 3번 타자를 맞이했다.

록 익스프레스의 3번 타자 릭 마틴!

트리플 A에서는 제법 이름을 날리고 있는 타자이고, 레인저스에서도 주목하고 있는 대형 유망주였다.

그런데 이번 로스터 확장 때 메이저리그에 올라가지 못하고 트리플 A에 남은 선수였다.

항간의 소문에 의하면 레인저스가 포스트 시즌에 진출하지 못한 상황에서 그를 급하게 올리는 것보다 마이너리그에서 좀 더 많은 경험을 쌓길 원한다고 했다.

릭 마틴은 넓은 각도로 나눠 칠 수 있는 유연한 배팅 컨트롤과 파워를 가진 선수였다.

혼조가 슬쩍 릭 마틴을 바라보았다. 금발의 백인인 릭 마틴이 방망이를 돌리며 우타석에 들어섰다. 혼조가 이번에는 릭 마틴의 발 위치를 확인했다.

타석에 바짝 붙어서 타격을 준비하고 있었다.

'일단 몸 쪽으로 하나 붙여볼까?'

혼조가 몸 쪽 무릎 낮은 코스로 미트를 들었다. 구현진이 1루를 힐끔거리며 주자를 견제한 후 가볍게 호흡을 골랐다.

"후우."

그리고 재빠른 셋 포지션으로 공을 던졌다.

퍼엉!

릭 마틴이 움찔하며 뒤로 허리를 뺐다. 하지만 공은 정확하게 스트라이크존을 걸치며 들어왔다.

"스트라이크!"

주심의 콜과 함께 혼조가 공을 구현진에게 던져 주었다.

"좋았어!"

공을 건네받은 구현진이 로진백을 툭툭 건드렸다. 그사이 혼조는 다시 한번 릭 마틴의 발 위치를 확인했다. 여전히 타석에 바짝 붙어서 타격을 준비했다.

솔직히 이런 타격 위치는 몸 쪽 공에 약하다.

하지만 릭 마틴은 그 약점을 빠른 허리 돌림과 특유의 유연성으로 커버하고 있었다.

'쳇! 물러설 줄 알았는데……. 그냥 한 번 더 몸 쪽으로 던질까? 아니야.'

그때 혼조의 시선이 1루 주자에게 향했다.

'리드 폭이 넓어! 설마 도루를 할 생각인가?'

혼조는 1루 주자를 의식하지 않을 수 없었다.

'견제구를 날릴까? 아니야, 일단 바깥으로 공을 빼면서 도루를 잡아내자.'

혼조는 생각을 정리하고, 바깥쪽으로 한 발짝 움직였다. 그리고 미트를 들었다. 대신 스트라이크존에서 공 한 개 정도 빠진 상태였다.

구현진이 고개를 끄덕인 후 1루 주자를 보았다. 1루 주자가 구현진을 바라보며 천천히 리드했다. 그런데 여전히 리드 폭이 컸다.

'먼저 주자를 견제할까?'

하지만 혼조는 주자를 신경 쓰지 말고 타자에 집중하라고 했다. 약간 신경에 거슬리긴 하지만 구현진은 혼조의 신호대로 타자에 집중했다. 그리고 재빨리 셋 포지션에 들어갔다.

그때를 같이해 1루 주자가 스타트를 끊었다.

'스틸!'

혼조가 예상했던 대로 1루 주자가 도루를 시도했다. 혼조는 곧바로 공을 잡고 2루에 던질 준비를 하였다. 그런데 릭 마틴의 방망이 역시 돌아갔다.

딱!

'이런. 히트 앤 런? 아니야, 벤치 쪽에서는 어떤 움직임도 없었는데?'

상대 팀 감독과 코치들의 움직임은 없었다. 그렇다면 릭 마틴 스스로 판단해서 방망이를 돌린 것이었다. 그리고 그의 예상은 완벽하게 적중했다.

릭 마틴이 때린 공이 1, 2루 간을 뚫고 또다시 안타가 되었다. 1루 주자가 이미 스타트를 끊었기 때문에 2루를 돌아 3루까지 슬라이딩을 하며 들어갔다.

순식간에 구현진은 1사 1, 3루의 위기를 맞이했다.

"이게 뭐야! 왜 연속으로 안타를 맞고 있어!"

"이봐! 구! 잘 좀 던져봐! 잔뜩 기대하고 왔잖아! 제대로 던지라고!"

관중석에서 야유와 격려가 뒤섞여 들려왔다. 하지만 구현진에게는 야유 소리만 들릴 뿐이었다.

구현진이 마운드를 스파이크로 툭툭 쳤다.

"쳇! 이거 쉽게 가려고 했더니 안 되겠네."

구현진이 혼잣말을 중얼거리며 마운드를 잠시 내려왔다. 로진백을 두드리고는 후! 하고 불었다. 하얀 가루가 공중에 날아다녔다.

그 모습을 관중석에서 지켜보고 있는 사내가 있었다.

짙은 선글라스를 착용한 사내는 손에 태블릿을 들고 있었다.

"1회부터 위기네? 단장님이 잔뜩 기대하고 있는데, 초반부터 이런 식이면 곤란한데……."

사내는 태블릿에 펜으로 뭔가를 적은 후 다시 경기에 집중했다.

"어쨌든 이 위기를 잘 넘겼으면 좋겠는데."

혼잣말을 중얼거린 사내는 바로 에인절스 피터 레이놀 단장의 보좌관인 레이 심슨이었다. 레이 심슨은 오늘 피터 레이놀 단장의 지시로 구현진의 상태를 확인하기 위해서 내려왔다.

게다가 오늘 경기 결과에 따라서 구현진에게 해줄 말도 있었다.

"자자, 멋지게 막아봐! 단장님의 결정이 옳았다는 것을 내게 보여 달란 말이야."

레이 심슨이 태블릿을 옆에 내려놓고 손뼉을 쳤다.

그사이 록 익스프레스에서는 4번 타자 토니 왓슨이 들어섰다. 정확도는 다소 떨어지지만 맞히기만 하면 큰 거 한 방을 쏘아 올릴 수 있는 강타자였다.

구현진이 마운드 위에서 호흡을 골랐다.

타석에 서 있는 토니 왓슨이 구현진을 바라보았다. 구현진의 어깨가 슬며시 늘어졌다. 구현진 주위에서 풍기는 기운이 조금 전과는 달랐다.

'뭐지? 기운이 다른데?'

혼조 역시 달라진 구현진의 기운에 미소를 지었다.

그동안 구현진과 호흡을 맞춰왔던 혼조는 구현진의 마음가짐이 달라졌음을 알아볼 수 있었다.

'후후, 저 모습 뭔지 알겠네. 호세와 상대할 때도 저런 모습이었지. 그렇다면 과감한 리드가 좋겠지?'

혼조가 우타자의 가슴팍 쪽으로 미트를 들어 올렸다.

'자, 어디 던져봐!'

구현진이 셋 포지션으로 재빨리 공을 던졌다. 몸 쪽으로 강하게 날아오던 공이 혼조의 미트 속으로 순식간에 빨려 들어갔다.

퍼엉!

토니 왓슨이 움찔하며 뒤로 물러났다. 게다가 눈을 크게 떴다.

"스트라이크!"

구현진의 공이 정확하게 스트라이크존 상단 구석을 찔러 들어갔다.

토니 왓슨은 몸 쪽으로 높게 벗어났을 것으로 생각했다. 그런데 스트라이크존에 걸치는 하이 패스트볼이었다.

하지만 토니 왓슨이 놀란 이유는 구속 때문이었다. 물론 앞서 딕 바틴을 상대했을 때도 구위가 좋아 보였지만, 지금은 그보다 구속이 더 올라간 것 같았다.

'구속을 올렸다? 그렇다고 못 칠 공은 아니지만…….'

토니 왓슨이 방망이를 돌리며 타이밍을 조율했다. 혼조는 토니 왓슨의 상태를 확인하며 다시 몸 쪽으로 앉았다.

'깊숙이 하나 더!'

구현진이 가볍게 고개를 끄덕였다. 글러브를 가슴에 모으고 그 안에서 포심 패스트볼 그립을 힘껏 쥐었다. 1루 주자를 힐끔 바라본 후 혼조의 미트를 향해 빠르게 공을 던졌다.

펑!

구현진의 공이 몸 쪽으로 바짝 붙어서 들어왔다. 이번에도 토니 왓슨이 움찔하며 허리를 뒤로 쭉 뺐다. 다행히 공 한 개 정도 벗어나 볼이 선언되었다.

'역시 공이 날카로워. 이것이 녀석의 베스트인가?'

토니 왓슨이 속으로 생각하며 다시 타석에 들어섰다. 그의 눈이 매섭게 떠졌다.

혼조가 3구째는 바깥쪽으로 요구했다.

높이는 타자 무릎 바로 아래.

구현진은 혼조가 요구하는 곳으로 힘껏 공을 던졌다.

'어딜!'

토니 왓슨의 방망이가 처음으로 돌아갔다.

하지만 바깥쪽 아슬아슬하게 들어오는 공을 치기에는 조금 버거웠다.

딱!

방망이 끝에 맞은 공이 파울이 되었다. 결국, 2스트라이크 1볼이 되면서 볼 카운트가 몰렸다.

"오오, 저 배터리 재미나네. 패스트볼로 계속 누르고 있어."

"구속도 올라가고, 지금 몇 마일이야?"

"95mile/h(≒153㎞/h)쯤 되는 것 같은데."

"그래? 저 동양인 투수 제법이야."

"거봐! 내가 뭐라고 했어. 가만히 있어봐. 저 구속도 전력은 아니니까."

"뭐? 구속이 더 나온다는 말이야?"

"그래! 내가 알기론 구의 최고 구속은 98mile/h(≒157㎞/h)이거든."

"뭐? 98mile/h?"

친구는 믿지 못하는 눈치였다. 하지만 말을 한 친구는 강한 자신감을 보이고 있었다.

혼조가 힐끔 토니 왓슨을 보았다.

'몸 쪽 공은 칠 기색이 없고, 바깥쪽 낮은 공에 반응을 보였어. 그렇다면…….'

혼조는 녀석들이 노리는 코스로 공을 유도할 생각이 없었다.

잠시 뜸을 들이던 혼조가 토니 왓슨의 몸에 살짝 붙어 미트를 들었다.

'그럼 하이 패스트볼로 다시 한번 유인해 볼까?'

구현진이 가볍게 고개를 끄덕인 후 자세를 잡았다. 포심 패스트볼 그립을 강하게 말아 쥔 후 혼조의 미트를 향해 힘껏 던졌다.

공이 일직선으로 날아갔다.

토니 왓슨의 눈이 부릅떠졌다. 날아오는 공이 토니 왓슨의 눈에 정확하게 보였다.

'이건 놓칠 수 없어!'

토니 왓슨은 기다렸다는 듯이 방망이를 돌렸다. 하지만 공이 살짝 떠오르며 토니 왓슨의 방망이 위를 지나서 혼조의 미트 속으로 빨려 들어갔다.

퍼엉!

"스트라이크, 타자 아웃!"

토니 왓슨은 헛스윙하며 눈을 크게 떴다!

"뭐야? 공, 공이 떠올랐어! 이거 라이징 패스트볼이야?"

토니 왓슨이 혼조에게 물었다.

"그렇게 보였다면 그렇겠지?"

혼조는 즉각 답을 주지 않았다. 토니 왓슨 역시 더 이상 묻지 않았다. 어쨌든 공이 살짝 떠올랐던 것은 사실이었다.

토니 왓슨은 헛스윙 삼진을 당하며 물러났다. 이를 지켜보던 관중들이 손뼉을 치며 환호했다.

"와우! 그래, 이거야!"

"난 이걸 보기 위해 입장료를 사고 왔다고!"

"타자를 윽박지르는 저 모습! 역시 미래의 메이저리그 투수감이야."

언제 야유를 보냈냐는 듯 구장은 환호성으로 가득했다.

특히 모든 것을 지켜본 레이 심슨의 표정은 흐뭇했다.

'라이징 패스트볼? 확실히 구위가 좋다. 확신은 아니었지만, 단장님께서 잘 보셨어. 스타성도 있고…… 괜찮은 녀석이야.'

구현진에 대한 기록을 태블릿PC에 입력하는 레이 심슨의 손놀림이 더욱 빨라졌다.

상대 팀 4번 타자를 헛스윙 삼진으로 잡고 투아웃이 되었다.

하지만 주자 1, 3루. 위기는 여전했다.

5번 타자가 타석에 들어섰다. 4번 타자를 헛스윙 삼진으로 잡은 여운도 잠시, 구현진은 곧바로 5번 타자에 집중했다.

초구를 바깥쪽 스트라이크로 잡았다. 2구 역시 똑같은 코스로 공을 던졌다.

하지만 이번에는 체인지업이었다.

록 익스프레스의 5번 타자는 홈 플레이트 앞에서 뚝 떨어지는 체인지업 공의 위를 때렸다.

딱!

타구가 바운드되며 1루로 굴러갔다. 5번 타자가 전력 질주했지만, 1루 수비가 더 빨랐다. 1루수는 공을 잡고 간단히 베이스를 밟아 쓰리아웃을 만들었다.

결국, 주자 1, 3루에 상황에서 1루수 땅볼 아웃이 되며 록 익스프레스의 1회 초 공격이 끝났다.

구현진은 1아웃 주자 1, 3루를 만들며, 스스로 위기를 자처했지만, 특유의 빠른 공으로 진화에 성공했다.

더그아웃으로 향하는 구현진을 향해 달려오던 동료들이 한마디씩 했다.

"나이스 볼!"

"굿 잡!"

구현진은 그런 동료들을 향해 미소로 화답했다. 벤치로 와서 자리에 털썩 앉은 구현진은 흐르는 땀을 수건으로 닦았다. 그 옆으로 혼조가 와서 앉았다.

"역시 패스트볼 하나는 쓸 만하네."

"다른 건?"

"고작 체인지업 하나 던졌으면서 다른 걸 물어보냐?"

"칫. 그냥 칭찬해 주면 어디가 덧나?"

"어쨌든 오늘 패스트볼은 최고야! 이대로 나가자!"

"그래!"

구현진은 대답을 한 후 운동장으로 시선을 옮겼다.

그때 비즈의 선두타자가 중견수 앞에 떨어지는 안타를 치며 출루했다. 그다음 타자인 2번 타자가 다시 우익수 앞에 떨어지는 안타를 치며 무사 1, 3루가 되었다.

이 찬스에서 호세 브레유가 타석에 들어섰다.

"야! 호세, 이럴 때 큰 거 한 방 터뜨려! 알았냐!"

구현진이 고래고래 고함을 질렀다.

호세 브레유의 눈썹이 꿈틀거렸다.

"시끄럽게! 안 그래도 칠 거야!"

호세 브레유가 중얼거렸다.

그리고 날아오는 초구를 보고 그대로 방망이를 휘둘렀다.

딱!

공이 하늘 높이 치솟으며 중견수 방향으로 날아갔다.

"어?"

구현진이 자리에서 벌떡 일어났다.

"설마 홈런?"

그런데 호세 브레유가 고개를 떨어뜨렸다. 중견수가 뛰어가다가 워닝트랙 앞에서 몸을 돌렸다. 호세 브레유가 친 공 역시 날아가다가 갑자기 힘을 잃고 떨어졌다.

그사이 3루 주자는 눈치를 살피며 3루 베이스를 밟고 태그업 준비를 했다. 중견수가 워닝트랙 앞에서 공을 잡자마자 3루 주자가 뛰쳐나갔다. 공이 중계가 되고, 3루 주자는 어렵지 않게 홈 플레이트를 밟을 수 있었다.

1회 말 비즈의 선취점으로 구현진의 어깨가 가벼워졌다. 그 후로 4번, 5번 타자는 각각 좌익수와 1루수 플라이 아웃으로 물러나며 이닝이 종료되었다.

2회 초는 록 익스프레스의 6번 타자부터 시작되었다.

구현진은 포심 패스트볼을 고집하지 않고, 초구부터 변화구를 사용했다. 커브로 볼 카운트를 벌고 마무리는 몸 쪽 하이 패스트볼로 삼진을 잡았다.

그리고 7번과 8번 타자들을 각각 유격수 앞 땅볼과 삼진으로 잡으며 2회 초 록 익스프레스 공격을 삼자범퇴로 막아냈다.

그러자 록 익스프레스의 투수 역시 비즈의 2회 말 공격을 삼자범퇴로 마무리 지었다.

3회 초 구현진은 9번 타자를 3구 만에 빗맞은 안타로 출루를 시켰다. 거의 깎여 맞은 공이 1루수 키를 넘겨 우익수 앞에 떨어진 것이다.

구현진은 안타까워했지만, 이것 또한 엄연히 경기 일부였다. 일단 모든 것을 잊고 타자에 집중했다.

무사 1루인 상황에서 구현진은 혼조의 사인을 받고 자세를 잡았다. 힐끔 눈빛으로 1루 주자를 묶어둔 후 셋 포지션으로 빠르게 공을 던졌다.

후앗!

구현진의 공이 혼조의 미트 속으로 빨려 들어갔다.

펑!

"스트라이크!"

심판의 콜과 함께 초구 스트라이크를 잡은 구현진은 마운드를 내려와 로진백을 툭툭 건드렸다. 손에 묻은 흰 가루를 입김으로 분 후 사인을 기다렸다.

그사이 1루 주자가 조금씩 리드를 시작했다. 구현진이 사인을 받고 1루 주자를 보았다. 그 순간 구현진이 견제구를 던졌다. 1루 주자는 화들짝 놀라며 슬라이딩으로 1루 베이스를 터치했다.

"세이프!"

심판이 양팔을 펼쳤다. 1루 주자는 간신히 세이프된 것에 안도의 한숨을 내쉬며 옷에 묻은 흙을 털어냈다.

'망할, 좌투수다 보니 리드를 제대로 못 하겠어. 하지만 2루는 기필코 뺏는다. 도루라면 자신 있어.'

1루수가 구현진에게 공을 건네주자 혼조가 다시 사인을 냈다. 그것을 확인한 1루 주자의 눈이 반짝였다.

셋 포지션에 들어간 구현진은 1루 주자를 확인할 수 있었다. 주자의 리드 폭이 조금 전보다 조금 좁혀져 있었다.

혼조의 미트는 스트라이크존의 바깥쪽 높게 놓여 있었다.

잠시 뜸을 들이던 구현진이 투구 동작에 들어갔다. 그 순간 1루 주자가 스타트를 끊었다.

'어림없다!'

구현진은 혼조를 믿고 있는 힘껏 공을 던졌다.

펑!

혼조가 미트에서 공을 꺼내 2루에 던졌다. 그때까지 1.6초가 걸렸다.

1루 주자는 어느덧 2루에 슬라이딩을 시도했다. 그런데 2루수의 글러브가 어느새 자기 코앞에 와 있었다.

'뭐지? 이렇게 빨리?'

"아웃!"

2루심이 곧바로 아웃을 선언했다.

"좋았어!"

구현진이 마운드 위해서 좋아했다. 혼조가 피식 웃으며 떨어진 마스크를 주웠다.

1루 주자는 분명 자신이 세이프될 줄 알았다.

하지만 혼조의 정확한 2루 송구에 자동으로 태그 아웃이 되어버렸다.

"와아아아아!"

"이야, 포수 송구가 정확한데."

"글러브에서 공을 빼내는 속도도 정말 빨라!"

구현진은 혼조를 보며 피식 웃었다.

'베이스 위로 정확한 송구! 과연 멋져!'

구현진이 엄지손가락을 들어 칭찬해 주었다.

혼조가 가볍게 고개를 끄덕였다.

'이 정도는 해줘야지. 안 그래?'

구현진, 혼조 배터리의 호흡을 본 마이클 본 감독의 입가에 스스륵 미소가 그려졌다.

그리고 혼조는 자리에 앉아 다시 사인을 보냈다. 손가락 세 개를 펼쳤다.

'주자도 없고, 원아웃에 투 스트라이크야. 강공으로 가고 싶지만, 지금은 이게 좋을 것 같아.'

구현진이 고개를 끄덕였다. 글러브를 들어 공을 강하게 움켜쥐었다.

'리드가 점점 맘에 드는데.'

구현진은 입가에 미소를 지으며 천천히 키킹을 하였다. 구현진은 혼조의 미트를 응시하며 힘껏 공을 던졌다.

후앗!

공이 빠르게 날아갔다. 타자는 몸 쪽으로 날아오는 공을 보며 방망이를 휘둘렀다. 그런데 홈 플레이트 앞에서 갑자기 공이 사라졌다.

펑!

"윽!"

"스트라이크! 타자 아웃!"

체인지업에 헛스윙한 타자는 고개를 푹 숙였다. 2아웃을 만든 구현진이 다음 타자인 2번 타자를 상대했다.

'발 빠른 주자, 9번과 1번을 잡아서 다행이야. 아무튼, 발 빠른 주자가 루상에 나가면 성가시지.'

구현진이 로진백을 툭툭 건드리며 속으로 생각했다. 상대 타자들이 여전히 포심 패스트볼에 따라오지 못하는 이상 굳이 시간을 끌 필요는 없다고 생각했다.

'마무리 역시 강공으로 가자!'

혼조 역시 같은 생각이었다.

바깥쪽 스트라이크존에 걸치는 것을 하나 보여준 후 몸 쪽 깊숙한 곳으로 하나 던졌다. 타자가 방망이를 휘둘러 그것을 파울로 만들었다.

그리고 삼 구째. 구현진은 하이 패스트볼로 타자의 배트를 끌어냈고 타자는 결국, 헛스윙. 구현진은 삼진을 잡아내는 데 성공했다.

또한, 이 공은 구현진의 이 날 최고 구속인 97mile/h(≒157㎞/h)을 기록했다.

"오오오! 97마일!"

"공이 살아 있네!"

"저 동양인 루키! 제법인데."

구현진은 더그아웃으로 돌아가는 사이 관중들의 환호를 받았다.

3회까지 삼진 5개를 기록하고 있었고, 안타는 3개를 맞은 상황. 그리고 무엇보다 여전히 무실점 투구를 펼치고 있었다.

3.

레이 심슨은 1회 초 위기 상황과 3회 초를 보면서 흐뭇한 얼굴이 되었다.

"이 정도면 충분한 것 같은데……. 그래도 혹시 모르니 한 번만 더 위기 상황 대처 능력을 봤으면 좋겠는데……. 안 생기려나?"

레이 심슨이 사뭇 진지한 얼굴로 구현진의 투구를 지켜보았다. 구현진이 투구할 때마다 그는 태블릿으로 체크했다. 어느 코스로 어떤 공을 던졌는지 하나하나 기록해 나갔다.

그렇게 4회와 5회 아무 문제 없이 삼자범퇴로 록 익스프레스의 공격을 틀어막았다. 그동안 비즈는 안타와 볼넷으로 1점을 더 보태며 날아났다.

그렇게 2 대 0인 상황에서 6회를 맞이했다. 6회에도 마운드에 오른 구현진이 첫 타자를 상대했다.

그런데 상대 타자가 초구부터 방망이를 휘둘렀다. 비록 파울이 되었지만 뭔가 이상함을 느낄 수 있었다.

2구째. 구현진은 포심 패스트볼을 타자의 몸 쪽으로 붙였다. 상대 타자는 망설이지 않고 그것을 힘껏 잡아당겼다. 또다시 파울이 되었지만, 갑자기 적극적으로 나오는 상대에 구현진은 의아할 수밖에 없었다.

혼조도 이상함을 눈치채고 변화구 사인을 냈다. 그런데 변화구에는 전혀 방망이가 따라 나오지 않았다.

구현진의 볼 배합은 90%가량이 포심 패스트볼에 맞춰져 있었다. 6회쯤 되니 변화구보다는 포심 패스트볼에 포커스를 맞춰 타격하라는 지시가 내려질 만했다.

딱!

구현진은 록 익스프레스의 선두타자로 나온 9번 타자를 2루 땅볼로 잡아냈다. 물론 포심 패스트볼이었다.

1번 타자 역시 끈질기게 포심 패스트볼만 노렸다. 결국, 끈

질긴 승부 끝에 그는 3구째를 잡아당겨 안타를 만들었다.

2번 타자 역시 5구 만에 포심 패스트볼을 밀어쳐 1, 2루 사이로 빠지는 안타를 만들었다.

1사 주자는 1, 2루인 상황. 혼조가 타임을 부르며 구현진에게 갔다.

"야, 이상하지 않아?"

"뭐가?"

"녀석들이 포심만 노리는 것 같은데."

"나도 눈치챘어. 하긴 거의 포심만 던졌으니까. 아무래도 볼 배합을 바꿔야겠지?"

구현진의 말에 혼조가 고개를 가로저었다.

"아니, 포심으로 가자!"

"오오, 웬일이야?

"항상 말하는 거지만 넌 포심이 제일 좋아!"

"포심 별로라면서?"

"별로지만 좋아!"

"무슨 그런 말도 안 되는……. 에잇, 모르겠다. 그래, 나는 너 믿고 던질 테니까. 제대로 리드해."

"걱정하지 마!"

혼조가 미트로 구현진의 가슴을 툭 건드린 후 자신의 자리로 돌아갔다. 마스크를 쓰며 가만히 생각했다.

'오늘 구의 포심은 좋아, 아무리 타자들이 노리고 있다고 해도 쉽게 정타를 만들 수는 없어. 앞선 두 타자 모두 정타를 맞은 것도 아니고…….'

혼조가 잠시 머릿속을 정리했다.

'일단 변화구를 조금 섞어보자. 어차피 결정구는 포심이니까.'

혼조가 생각을 정리하는 사이 타석에는 3번 타자 릭 마틴이 들어섰다. 첫 타석에서는 안타, 두 번째 타석에서는 삼진으로 물러났었다.

'자, 초구는 커브.'

혼조의 사인에 구현진은 고개를 끄덕인 후 슬로우 커브를 던졌다. 오늘 경기 처음으로 선보인 슬로우 커브였다.

후앗!

펑!

"스트라이크!"

릭 마틴이 살짝 놀란 표정을 지었다.

'커, 커브? 저 녀석, 커브도 던질 줄 알아?'

지금까지 구현진이 보여준 공은 포심 패스트볼과 간혹 던지는 체인지업이 전부였다. 그래서 생각하기에 포심 패스트볼과 체인지업을 던지는 투 피치 투수로 생각했었다. 그런데 초구에 커브가 날아오자 릭 마틴이 살짝 당황했다.

'아니야, 다른 구종은 생각하지 말자! 난 포심만 노리고 들어가면 돼.'

릭 마틴이 고개를 흔들며 다시 타석에 들어섰다. 2구째는 바깥쪽으로 살짝 빠지는 포심 패스트볼이 날아왔다.

릭 마틴의 방망이가 돌아갔다.

딱!

공이 1루로 높이 치솟았다. 1루수가 뛰어갔지만, 관중석으로 떨어지는 파울이 되었다.

'역시 포심을 노리는군.'

혼조가 릭 마틴을 힐끔 보며 속으로 중얼거렸다. 2스트라이크가 된 상황에서 카운트가 몰린 릭 마틴.

'유인구가 들어오려나?'

그런데 3구째 몸 쪽 크로스로 들어오는 포심 패스트볼이 꽂혔다. 릭 마틴이 순간 움찔했지만, 방망이는 나가지 않았다.

퍼엉!

"스트라이크. 타자 아웃!"

'여기서 몸 쪽 포심 패스트볼이라니…….'

릭 마틴은 너무 단순하게 생각하고 있었다. 이렇듯 역으로 공격해 들어올 줄은 예상하지 못했다.

'유인구를 생각했었는데…….'

이미 상대방 배터리에게 들켰다면 어쩔 수 없었다. 그렇게

릭 마틴은 연속으로 스탠딩 삼진을 당하며 돌아섰다.

"와아아아아!"

구현진이 삼진을 잡아낼 때마다 관중석에서는 박수와 함께 환호성을 보내주었다.

릭 마틴이 몸을 돌려 더그아웃으로 향했다. 대기타석에 있던 토니 왓슨이 물었다.

"왜 그래? 포심을 노리기로 했잖아."

"미안, 생각이 많았다."

릭 마틴이 더그아웃으로 가서 방망이와 헬멧을 제자리에 놓고 벤치에 앉았다.

4번 타자 토니 왓슨이 타석에 들어섰다.

구현진은 이번에도 초구에 변화구를 던져 스트라이크 하나를 올렸다. 이어서 던진 포심 패스트볼에 토니 왓슨이 방망이를 휘둘렀고 다행히 파울 볼이 되었다.

'조금 위험했어.'

혼조가 몸 쪽으로 바짝 붙어 앉았다.

'시간 끌 필요 없어. 곧바로 승부하자!'

구현진이 가볍게 고개를 끄덕인 후 타자의 몸 쪽으로 포심 패스트볼을 던졌다.

이번에도 토니 왓슨의 방망이가 힘껏 돌아갔다.

딱!

토니 왓슨이 방망이 안쪽에 걸린 공을 힘껏 당겨 쳤다.

타구는 살짝 떠서 3루수 키를 넘기는 안타가 되었다. 구현진의 구위를 토니 왓슨이 무지막지한 힘으로 이겨낸 안타였다.

그사이 2루에 있던 주자가 3루를 돌아 홈으로 들어왔다. 6회에 들어와서 첫 실점을 한 구현진이었다.

"뭐, 어쩔 수 없나?"

구현진은 고개를 끄덕이며 괜찮다고 했다.

2아웃에 주자는 다시 1, 2루였다.

구현진은 첫 실점에 대한 것을 잊고 5번 타자를 상대했다.

"자자! 마지막 아웃카운트 하나!"

혼조가 내야수들에게 소리친 후 자리에 앉았다. 몸 쪽으로 바짝 붙은 혼조가 미트를 들었다. 그곳으로 구현진의 공이 파고 들어갔다.

5번 타자 역시 포심 패스트볼을 노리며 방망이를 돌렸다.

하지만 방망이 안쪽에 맞은 공이 이번에는 제대로 힘을 발휘해 투수 위쪽으로 치솟았다.

"마이 볼!"

혼조가 마스크를 벗으며 소리쳤다. 하지만 구현진 쪽으로 공이 날아오자 구현진이 양팔을 벌리며 소리쳤다.

"나에게 온다! 내가 잡을게!"

하지만 혼조가 냅다 소리쳤다.

"뭔 소리야. 내가 잡아!"

"아니야, 내가 잡을 수 있어!"

"스톱! 내가 잡아!"

혼조와 구현진이 서로 소리쳤다. 혼조가 더 큰 목소리로 말을 하자 구현진이 뒤로 물러났다. 결국, 혼조가 공을 포구하며 아웃을 만들었다.

"야, 내가 잡을 수 있는데. 내 쪽으로 왔잖아."

구현진이 혼조를 보며 말했다.

"내 쪽이 조금 가까웠어. 그리고 투수는 플라이 볼을 잡는 게 아니야. 그 상태에서는 내가 잡는 게 맞았어."

"무슨 소리야. 마지막 아웃카운트인데 내가 잡아도 됐어!"

"아무튼, 욕심은……. 넌 투구나 신경 써!"

두 사람은 티격태격하며 더그아웃으로 돌아왔다.

이로써 구현진은 6회 초에 첫 실점을 하며 이닝을 마무리 지었다. 그리고 구현진의 투구는 여기까지였다.

"구! 수고했다. 오늘은 여기까지다."

마이클 본 감독이 땀을 닦고 있는 구현진에게 말했다.

"저 아직 더 던질 수 있는데요?"

"됐어! 나머지는 구원 투수에게 맡겨!"

"괜찮은데……."

구현진은 7회까지 던지고 싶었다. 투구 수도 75개로 적당했다.

"욕심은! 아무튼, 뒤로 가서 얼음찜질하고 와!"

"네에, 알겠습니다."

구현진은 어쩔 수 없이 더그아웃 뒤쪽 사무실로 향했다. 그곳에는 트레이너가 이미 대기하고 있었다. 간단히 마사지를 받고, 찜질팩을 단 후 다시 더그아웃으로 나왔다.

그사이 6회 말이 끝나고, 7회 초가 시작되려고 하고 있었다.

"어? 교체됐네?"

관중석에서 지켜보고 있던 레이 심슨이 투수가 교체된 것을 알고 태블릿을 닫았다. 그리고 시선을 포수인 혼조에게로 보냈다.

"저 선수도 괜찮네. 투수 리드하는 것도 그렇고, 도루 잡는 능력도 탁월하고! 다만 타격이 좀……."

레이 심슨이 인상을 살짝 찡그렸다. 그래도 그것 빼고는 충분히 통할 것 같았다. 무엇보다 구현진과의 케미가 상당했다.

"구 선수와 제법 잘 어울리네. 일단 보고서를 올리는 것이 좋겠어."

레이 심슨이 태블릿에 뭔가를 적고 자리에서 일어났다. 어차피 구현진이 등판하지 않는 경기는 볼 필요가 없었다.

7회 말에 상대 팀도 불펜을 가동했다. 그리고 8회 초 비즈가 3점을 더 뽑아내며 결국 5-1로 승리를 하였다.

승리 투수는 당연히 구현진이었다.

4.

지역 TV 리포터가 구현진과 인터뷰를 시도했다.

"어머, 축하드려요. 구현진 선수!"

"네, 감사합니다."

"오늘 6이닝 1실점 승리 투수가 되었어요. 삼진도 무려 10개를 잡았어요. 소감은 어때요?"

"어, 그게……."

구현진을 인터뷰하는 제시는 솔트레이크에서 유명 인사였다. 여성 스포츠 기자답지 않게 야구에 대해서는 해박한 지식을 가지고 있었다.

하지만 그녀가 유명한 또 하나의 이유는 그뿐만이 아니었다. 제시가 유명한 이유는 그녀의 아름다운 몸매 때문이었다. 뭇 남성들의 남심을 뒤흔드는 섹시한 바디 라인이 매력적이었다.

게다가 제시는 언제나 몸에 딱 달라붙은 옷을 입고 다녔다. 무엇보다 그녀의 가슴 발육 상태가 너무 좋았다. 무릇 남성이

라면 한 번쯤 시선이 그쪽으로 향할 정도였다. 얼굴 또한 예뻐서 여러 남자로부터 대시를 받았다.

하지만 그녀는 남자에게 관심이 없는지 모두 거절하였다. 그런 그녀가 구현진에게만은 먼저 다가와 관심을 표했다.

물론 구현진도 마음이 흔들리기는 마찬가지였다. 그러나 지금은 여자보다는 야구에 집중하고 싶었다. 메이저리그에 올라가기 전까지는 말이다.

그러나 오늘 제시가 입고 나온 옷은 역시 똑바로 바라보기에는 부담스러웠다.

"어…… 그게요……."

구현진은 애써 신경 쓰지 않으려고 했지만, 자꾸만 파인 가슴으로 시선이 갔다. 구현진은 시선을 어디에 둬야 할지 몰라 난감한 표정을 지었다.

제시는 구현진이 당황하는 모습을 보고 피식 웃었다.

"저한테 뭐 묻었어요? 어딜 그렇게 봐요?"

"네에? 아, 안 봤어요. 어딜 보다니요?"

"그래요? 왠지 이쪽을 본 거 같은데."

"안 봤다니까요! 그냥 저기 먼 곳을 바라봤어요."

"먼 곳이요?"

제시가 구현진을 따라 시선을 옮겼다. 하지만 그곳에는 아무것도 없었다.

“에이, 아무것도 없네요. 그보다 어때요?”

“뭐가요?”

“오늘 제 옷 말이에요. 예뻐요?”

“아, 네에 [illegible] 시원시원하시네요.”

제시가 피식 웃었다.

“오늘 날씨가 상당히 더워서요. 그래서 예쁘다는 거죠?”

“아, 네에……. 뭐…….”

구현진이 얼버무렸다. 제시는 입술을 삐죽거리며 인터뷰를 진행했다.

“답을 시원시원하게 해주지 않으시네. 뭐, 어쨌든 인터뷰 들어갈게요.”

“네.”

제시가 마이크를 잡고 곧바로 질문했다.

“오늘 경기는 어땠어요?”

“매우 좋았습니다. 제가 원했던 대로 공이 들어가 줬습니다.”

“탈삼진을 10개나 잡았어요. 원래 삼진에 욕심이 많나요?”

“욕심이라기보다는 저의 포심 패스트볼에 강한 자신감이 있었습니다. 그리고 포수의 리드도 좋았고요. 혼조가 리드하는 대로 던지다 보니 삼진이 많았던 것 같습니다.”

구현진은 혼조 얘기도 빼놓지 않았다.

"이제 9월이 지났어요. 메이저리그는 로스터 확장이 있었는데요. 이번에 구현진 선수의 이름이 올라가지 않았어요. 기분이 어때요?"

"솔직히 기대하지 않았어요. 이제 여기에 온 지 1년도 되지 않았고요. 마이너리그에서 쌓을 경험이 아직 많아요. 지금처럼 꾸준히만 한다면 분명 기회가 올 거로 생각합니다."

"하지만 이번 년에 거둔 성적은 뛰어납니다. 루키 시즌부터, 싱글 A, 더블 A까지 거쳐서 단숨에 올라왔어요. 그 누구도 1년도 안 된 루키가 트리플 A까지 입성할 것이라고는 예상치 않았을 겁니다. 그만큼 구현진 선수의 공이 특별하다는 증거가 아닐까요? 특히 트리플 A에서의 성적 역시 좋습니다. 메이저리그에 있는 팬들도 구현진 선수가 빨리 올라오기를 바라고 있을 텐데, 한마디 해주세요."

"팬들께서 저를 기다려 주신다니 감사합니다. 하지만 전 아직 배울 점이 많습니다. 조금만 더 기다려 주시면 완벽한 상태에서 메이저리그에 올라갈 생각입니다. 마지막으로 트리플 A에서도 좋은 모습 보여드리도록 하겠습니다."

"네, 그럼 오늘 인터뷰는 여기서 끝내겠습니다. 다시 한번 승리 축하해요."

"네, 감사해요."

구현진이 제시에게 인사를 하고 더그아웃으로 향했다.

혼조와 호세 브레유가 더그아웃에서 기다리고 있었다.
"어? 너희, 왜 안 가고?"
"으흐흐흐……."
"흐흐흐."
"흐흐흐?"
혼조와 호세 브레유가 이상한 웃음을 지었다. 구현진은 두 사람이 눈을 가늘게 뜨며 자신을 바라보자 고개를 갸웃했다.
"뭐야? 왜 그래?"
그러자 혼조가 말했다.
"야, 좋았냐?"
"뭐가?"
"좋았냐고!"
혼조는 말을 하면서 힐끔 제시에게 눈짓을 했다.
구현진은 그제야 혼조의 의도를 깨달았다.
"야, 말도 마라. 심장 터져 죽는 줄 알았다."
구현진은 가슴에 손을 얹으며 벤치에 앉았다.
호세 브레유는 아예 몰래 숨어서 제시를 바라보았다.
"역시 섹시해!"
구현진은 그런 호세 브레유를 보며 피식 웃었다.
"그만 봐. 닳겠다, 닳겠어."
구현진의 농담에도 호세 브레유는 반응하지 않았다.

그 옆으로 혼조가 다가왔다.

"가까이서 보니 어때?"

"뭐 어때? 좋지!"

"그랬냐?"

혼조가 피식 웃었다. 그때 호세 브레유가 가슴을 쓸어내리며 두 사람 곁으로 왔다.

"아아, 미치겠네. 제시가 나의 마음을 헤집고 있어."

그러자 구현진이 호세 브레유를 잡고 흔들었다.

"야, 정신 차려! 저 사람 너보다 10살이나 많은 누나야!"

"사랑에 나이가 무슨 상관이야!"

호세 브레유의 말을 듣고 보니 맞는 것 같았다.

"하긴, 그 말도 일리가 있네. 사랑에는 국경도 없다고 했지?"

구현진도 호세 브레유와 함께 감상에 젖었다. 그런 두 사람을 보며 혼조가 고개를 절레절레 흔들었다.

"쯧쯧쯧, 찌질한 새끼들! 그만들 좀 해. 어서 가자, 가!"

혼조가 두 사람을 끌고 갔다.

"참, 오늘은 구가 밥을 사야지?"

"내가?"

호세 브레유의 말에 구현진이 눈을 크게 떴다.

"당연하지! 오늘 승리 투수가 되었잖아!"

"무, 무슨 소리야."

구현진이 혼조를 보았다. 그리고 동시에 두 사람이 말했다.

"오늘도 밥은 호세다!"

"야, 너희는 양심도 없냐! 왜 만날 나만 사?"

"야, 연봉이 100만 달러인 선수랑 1,000만 달러를 받는 사람이랑 같이 내는 게 말이 되냐? 당연히 네가 사야지."

구현진과 혼조가 웃으며 말했다. 그 웃음을 본 호세가 한숨을 내쉬었다.

"하아, 만날 똑같은 레퍼토리……. 이제 좀 바꾸지?"

"어떻게 바꿔. 그게 사실이고, 팩트인데!"

"아무튼, 이놈의 나라는 인종차별이 쩐다니까. 항상 생각하는 것이지만 150만 달러가 뭐야? 안 그래?"

혼조가 구현진에게 말했다. 그러자 구현진이 곧바로 말을 받았다.

"맞아. 혼조 너는 한 500만 달러는 더 받아야 해."

"너도 500만 달러는 받아야지."

"그러지 말고 호세 계약금에서 떼서 우리가 받아야 하나?"

"그거 맞는 말이네. 오늘 호세 4타수 1안타였나? 안타 하나에 삼진만 3개지?"

"그렇지. 아무튼, 삼진 아니면 안타나 홈런이야."

"그런 성적으로 천만 달러를 받다니, 구단 프런트가 피눈물을 흘릴 거야. 분명."

구현진과 혼조가 주고받는 말을 듣고는 호세 브레유가 두 팔을 들었다.

"그래, 알았다! 알았어! 내가 밥 살게. 가자!"

그 말에 구현진과 혼조의 태도가 대번에 바뀌었다.

"역시 우리 호세는 마음이 태평양이야!"

"야구도 잘하잖아! 안 그래?"

"그럼 야구도 쩔지!"

그런 두 사람의 모습을 본 호세 브레유는 고개를 절레절레 흔들었다.

"으구, 내가 졌다! 졌어!"

그렇게 세 사람은 차를 타고 인근 레스토랑으로 향했다.

15장
임시 선발

I.

구현진, 호세 그리고 혼조는 약 2시간가량 웃고, 떠들면서 즐겁게 식사했다. 식사가 거의 끝나갈 때쯤 레스토랑 안으로 박동희가 허겁지겁 뛰어들어왔다.

"어? 형, 여기!"

구석에 자리한 구현진이 손을 들었다. 박동희가 곧바로 구현진에게 다가갔다.

"현진아, 구단에서 전화 왔다."

"구단에서요? 무슨 일로요?"

"풍기는 뉘앙스로는 널 콜업할 분위기던데?"

"네에? 이미 로스트 확장으로 올라갈 사람은 다 올라갔잖아요."

"그렇지. 그런데……. 나도 모르겠다."

박동희가 의자에 앉았다. 호세 브레유도 눈을 반짝이며 무슨 일인가 했다.

그러자 혼조가 곧바로 통역해 주었다. 호세 브레유의 눈이 크게 떠졌다.

"콜업? 만약 그런 분위기라면 가능성이 없진 않아. 선발진에 잠깐 문제가 생겼다거나, 아니면 올라갔던 선수 중 부상자가 생겼을 때는 그럴 수도 있지."

"그래? 혹시 기사가 났나?"

혼조가 재빨리 스마트폰을 꺼내 기사를 검색했다. 호세 브레유 역시 마찬가지였다.

하지만 올라온 기사는 없었다.

"없는데?"

"그럼 부상도 아니면 뭐지?"

박동희가 곧바로 말했다.

"일단 기다려 보자! 곧바로 전화를 준다고 했으니까."

"네, 형."

그렇게 잠깐의 시간이 흐르고 후식을 먹고 있을 때 박동희의 전화기가 울렸다.

따르릉, 따르릉!

모두의 시선이 박동희의 스마트폰으로 향했다. 박동희가 조심스럽게 스마트폰 화면을 확인했다. 그곳에 찍힌 번호는 비즈의 마이클 본 감독이었다.

"감독님 전화인네?"

"그, 그래요?"

그 순간 구현진은 콜업을 직감했다.

박동희가 전화를 받고 잠깐 얘기를 나눈 후 전화를 끊었다.

"지금 구장으로 오래."

"아, 알겠어요."

혼조와 호세 브레유 역시 콜업이라는 것을 알았다.

두 사람은 부러운 시선으로 구현진을 바라보았다.

"잘하고 와!"

"열심히 해!"

"고마워. 이따 보자!"

"그래!"

구현진은 인사를 하고 박동희와 함께 구장으로 향했다.

그리고 곧바로 감독실로 향했다. 감독실에는 마이클 본 감독 말고도 또 한 명이 더 있었다.

바로 레이 심슨이었다.

"구, 인사해. 에인절스에서 나왔어."

"아, 안녕하세요."

"반갑습니다. 에인절스의 단장 보좌 레이 심슨입니다."

구현진은 레이 심슨과 악수를 하고 자리에 앉았다. 레이 심슨이 구현진을 보며 미소를 지었다.

"오늘 경기는 잘 봤습니다. 인상적이었어요."

"아, 그렇습니까? 감사합니다."

"그러나 실점을 내주는 상황에서는 조금 아쉬웠습니다. 그래도 전반적으로 훌륭했습니다."

"좋게 봐주셔서 고맙습니다."

"그런데 4일 쉬고 등판할 수 있는 거죠?"

"네, 물론입니다. 오늘 그렇게 많이 던지지도 않았고요. 또, 항상 4일 간격으로 던져왔습니다."

"그럼 문제가 없겠네요. 오늘 저랑 함께 올라가죠!"

"네?"

구현진과 박동희가 눈을 크게 떴다.

"오늘 구현진 선수는 메이저리그 에인절스 팀 선수로 등록되었습니다. 축하합니다."

레이 심슨이 환한 얼굴로 말했다. 구현진과 박동희는 서로를 바라보며 눈을 끔뻑거렸다.

그렇게 구현진의 메이저리그 데뷔가 생각보다 일찍 찾아왔다.

2.

똑똑똑!

"네, 들어오세요."

단장실 문이 열리고 구현진과 박동희가 들어왔다. 피터 레이놀 단장은 구현진을 발견하고 환하게 웃었다.

"오! 구현진 선수!"

피터 레이놀이 자리에서 벌떡 일어나 구현진에게 다가갔다. 그는 먼저 손을 내밀며 구현진을 환영했다.

"오랜만이에요, 식사는 했어요?"

"아뇨."

"그럼 식사라도 하면서 얘기할까요?"

피터 레이놀 단장이 나갈 채비를 하였다.

그러자 구현진이 막았다.

"아니요. 지금 먹으면 체할 것 같아요."

구현진이 웃으며 말했다. 피터 레이놀 단장이 고개를 끄덕이며 자리로 안내했다.

"우선 앉아요."

구현진, 박동희, 피터 레이놀 단장이 소파에 앉았다.

"얘기는 들었죠?"

"네. 그런데 왜 제가 갑자기 콜업이 되었어요?"

구현진의 물음에 피터 레이놀 단장이 설명을 해주었다.

"아직 발표가 나지 않았지만, 선발 투수 중 한 명이 10일자 DL에 올라갔어요. 그 선수가 다시 복귀하기 전까지 자리를 채워줄 선발 투수가 필요합니다. 그래서 제가 구현진 선수를 추천했지요."

"한마디로 땜빵 투수네요."

"뭐, 그렇죠."

"아, 그렇구나……."

피터 레이놀 단장이 구현진의 모습을 보며 조심스럽게 물었다.

"왜요? 실망했어요?"

"솔직히 안 했다면 거짓말이겠죠."

구현진은 솔직하게 자신의 마음을 내비쳤다. 피터 레이놀 단장이 미소를 지으며 가볍게 고개를 끄덕였다.

"이해합니다. 구현진 선수가 트리플 A에서 잘하고 있다는 것은 알고 있어요. 그러나 구현진 선수가 이곳에 머물러도 우리가 자리를 만들 수 있는 곳은 불펜밖에 없어요. 지금 현재 선발진이 원활하게 돌아가고 있는 것은 알잖아요."

현재 에인절스의 선발진은 다음과 같았다.

1선발 유스메이로 페페. 방어율 2.52에 2승 0패.

2선발 파커 브리드 방어율 2.83에 5승 1패.

3선발 제이 라미레즈 방어율 4.29에 9승 9패.

4선발 리키 놀란 방어율 5.07 4승 12패.

5선발 채드 차베스 5.38 5승 10패.

원래는 1선발 가렛 리차드와 2선발 타일러 스캑이 선발진을 차지했었다. 그런데 중반까지 던져주던 타이러 스캑이 먼저 부상으로 이탈하더니 한 달 후 가렛 리차드마저 어깨 부상으로 전력에서 이탈하였다.

결국, 롱 릴리프 포인트로 활약했던 불펜투수 유스메이로 페페와 파커 브리드가 올라와 그 자리를 대신했다. 현재까지는 1, 2선발 자리를 잘 메꿔주고 있었다.

구현진이 대신할 선발은 바로 리키 놀란이었다. 손가락에 물집이 잡혀 10일짜리 DL에 올라 선발 한 게임을 거른다고 했다.

피터 레이놀 단장은 이렇듯 잘 짜인 선발 로테이션을 어긋나게 하고 싶지 않았다.

"저희 입장에서는 선발진이 이대로 진행되었으면 하는 바람입니다. 제가 아무리 단장이라고 해도 명분 없이 현재 좋은 성적을 내고 있는 선발진을 변경할 권리는 없어요."

구현진이 피터 레이놀 단장의 말을 찬찬히 듣고는 고개를 끄덕였다.

"그렇군요."

"네. 지금 상황에서도 좀 많이 곤란해요. 사실 구현진 선수도 지금 저희 팀이 와일드카드 경쟁을 펼치고 있다는 것을 알고 있죠?"

"네."

"그래서 지금 팀도 거기에 사활을 걸고 있어요. 당연히 순위에서 밀리지 않으려면 선발 투수들의 리듬을 지켜줘야 해요. 물론 우리 입장에서야 구현진 선수가 잘해서 남아준다면 엄청난 힘이 되겠죠. 하지만 그게 지금 당장은 아니에요."

"네."

구현진은 피터 레이놀 단장의 말을 듣고 고개를 끄덕였다. 피터 레이놀 단장은 계속해서 구현진을 달랬다.

"우리는 구현진 선수가 선발로 뛰길 원합니다. 구현진 선수도 선발을 원하지, 불펜을 원하는 것은 아니잖아요. 아니면 정말 불펜이라도 원하세요? 만약 원한다면 불펜에 넣어드릴 수 있어요. 저도 그 정도 힘은 있습니다. 그런데 구현진 선수 불펜으로도 괜찮겠어요?"

그 물음에 구현진은 떨떠름한 표정을 지었다.

"구현진 선수가 불펜에서 잘 던진다면, 저희는 계속 불펜에서 던지게 할 수밖에 없어요. 그러길 원하세요?"

구현진은 떨떠름한 기분을 떨칠 수 없었다.

물론 불펜에서 잘 던지다가 선발로 승격되는 경우도 많았다. 하지만 피터 레이놀 단장의 말처럼 조바심에 불펜행을 자처했다가 계속 불펜에 남게 될 가능성도 배제하기 어려웠다.

"구현진 선수도 잘 알겠지만, 불펜에서 던지는 것과 선발은 전혀 달라요. 그건 알고 있죠?"

구현진이 고개를 끄덕였다.

"불펜에서 대기하고 있다가 갑자기 선발로 던지라고 하면 못 던지는 경우가 많아요. 게다가 투구 수 제한에 걸리는 경우도 있어요. 난 구현진 선수가 그러지 않기를 바라요. 우리 유망주의 미래를 그렇게 망칠 수는 없어요. 팬들에 대한 모독이에요!"

피터 레이놀 단장은 팬까지 들먹이며 구현진을 달랬다. 솔직히 그 말을 들으니 구현진 역시 기분은 좋았다.

"아, 그렇게까지 말하지 않아도 돼요. 팀의 사정을 충분히 이해했고, 저도 선발을 원하지 불펜은 원하지 않아요."

"그렇죠? 이해해 줄 거로 생각했어요."

"네."

피터 레이놀 단장이 환하게 웃었다. 그리고 자리에서 일어났다.

"그럼 내일 선발 잘 부탁드려요."

"알겠습니다."

피터 레이놀 단장이 손을 내밀어 악수를 청했다.

"비록 이번에는 땜빵 투수지만 이참에 확실하게 구현진 선수를 각인시켜서 내년에 당당히 선발 한 자리를 차지했으면 하는 바람입니다."

"네, 그렇게 하도록 하겠어요."

"네, 꼭 부탁드려요."

구현진은 피터 레이놀 단장과 얘기를 나누고 밖으로 나왔다. 복도를 걸어가며 옆에 있는 박동희를 보았다.

"형은 알고 있었어요?"

"얼추 예상은 했지."

"그랬어요?"

"뭐, 예상 못 할 일도 아니고."

"어떻게요?"

"만약 너에게 선발 기회를 주거나, 불펜으로 써먹을 생각이었으면 9월 로스터 확장 때 올렸겠지. 그런데 지금 연락이 오니 뭔가 투수진에 문제가 생겼던 탓이겠지."

"에이, 얘기라도 해주지."

"확실한 정보도 아닌데 뭔 얘기를 해. 그보다 몹시 실망했구나."

박동희의 물음에 구현진이 가볍게 고개를 끄덕였다.

"비록 1게임이지만, 선발로 나서는 것이 얼마나 좋아. 이참에 메이저리그 타자도 상대해 볼 수 있고, 무엇보다 좋은 경험이 될 것 같은데?"

"그렇긴 하죠."

"그래도 형은 불펜보다는 선발인 것이 좋다. 그리고 땜빵 투수라고는 하지만 중요한 건 에인절스가 그 수많은 투수 중에서 너를 지목했다는 거야. 이건 너에 대한 확신이 없고서야 진행할 수 없는 일이지. 또 그만큼 트리플 A에서 활약한 너를 주목하고 있었다는 말이기도 하고. 그러니, 이번에 제대로 보여주자고. 알겠지?"

"그래요, 형! 제대로 한번 보여줄게요."

"그래!"

구현진과 박동희는 곧장 에인절스 클럽 하우스로 향했다. 거의 도착할 때쯤 거기서 누군가가 나타났다.

구현진은 그 사람을 보고 대번에 누군지 알아챘다.

'에인절스의 주전 포수 에릭 말도나도!'

에릭 말도나도.

현재 만 31세인 에릭 말도나도는 2004년 27번째 라운드에서 브루어스에 입단, 2할 2리의 타율과 8개의 홈런, 21타점을 기록했다.

포수로 출전한 69경기에서 35%의 도루 저지율을 선보이며 메이저리그 전체에서 6번째의 성적을 거두었다.

2016년에는 브루어스에서 에인절스로 트레이드되었고 현재 2할 3푼 9리의 타율과 11개의 홈런을 기록하고 있었다.

에릭 말도나도가 다가오자 구현진은 눈을 크게 떴다. 어쩌면 내일 자신의 공을 받아줄지도 모르는 포수이기 때문이었다. 구현진과 박동희가 슬쩍 길을 비켜주었다.

그런데 에릭 말도나도가 가던 길을 멈추고 구현진을 보았다.

"어? 자네, 구 맞지?"

"아, 네에……."

구현진은 에릭 말도나도가 자신을 알아본 것에 깜짝 놀랐다.

"어디가?"

"클럽 하우스에요."

"클럽 하우스?"

에릭 말도나도가 잠시 생각을 하더니 곧바로 물었다.

"그다음은?"

"아직 계획이 없어요. 아마 호텔로 가서 쉬겠죠."

"그래? 그럼 나랑 저녁이나 할까?"

"저녁요?"

"그래! 내가 오늘 저녁 살게!"

"어?"

구현진은 당황해하며 박동희를 보았다. 그러자 박동희가 곧바로 웃으며 말했다.

“그러세요. 저희 구현진 선수에게도 영광일 겁니다.”

“정말 그래도 됩니까?”

“네, 저는 괜찮습니다. 구현진 선수와 둘이 맛있게 드십시오.”

박동희가 정중하게 말했다.

박동희는 이참에 두 사람이 친해질 수도 있겠다는 생각이 들었다. 그런데 에릭 말도나도가 고개를 갸웃했다.

“그런데 구가 영어를 좀 하나요?”

그 순간 박동희가 당황했다.

“드, 듣는 건 가능할 텐데요.”

박동희의 시선이 구현진에게 향했다. 구현진이 고개를 갸웃했다.

“왜요? 뭐라는데요?”

“아니, 너 듣는 건 가능해?”

“그건 가능한데…… 대화는 아직…….”

“그렇지?”

박동희가 어색한 미소를 지었다. 그 모습을 보자 에릭 말도나도가 피식 웃었다.

“괜찮아요. 같이 가죠. 그래도 대화는 해야 하잖아요.”

“아, 네에. 죄송합니다.”

“그럼 전 밖에서 기다리고 있겠습니다.”

“네.”

구현진과 박동희는 클럽 하우스로 걸어가며 눈을 크게 떴다.

"형! 믿어져요? 이거 진짜 실화야? 어떻게 에릭 말도나도가 날 알아봤지?"

"나도 신기하다! 먼저 알아봐 주니 고맙네."

"에인절스의 주전 포수가 날 알고 있다니!"

구현진은 인기 절정의 연예인을 만난 것처럼 흥분했다. 그 모습을 보는 박동희가 피식 웃었다.

"어서 정리하고 나가자, 기다리겠다."

"알았어요."

구현진은 클럽 하우스 내부를 훑어보다가 등 번호 1번이 찍힌 유니폼을 확인했다. 그리고 영어로 'Koo'라고 찍혀 있었다. 구현진은 유니폼의 자기 성과 번호를 쓰다듬었다.

왠지 모를 뿌듯함이 밀려왔다.

"형, 비록 한 경기지만 메이저리그 유니폼을 입게 될 줄은 정말 몰랐어요!"

"후후! 난 알고 있었는데. 뭐, 조금 이르긴 하지만……."

"나 내년에는 꼭 선발 한 자리 차지할 거예요."

"그래! 열심히 하자!"

두 사람은 그렇게 다짐했다.

"현진아, 어서 나가자! 기다리겠다."

"맞다! 내가 지금 감상에 빠질 때가 아니지!"

구현진은 자신의 로커를 확인하고 곧바로 클럽 하우스를 나갔다. 밖으로 나가니 에릭 말도나도가 차를 세워놓고 대기하고 있었다.

구현진, 박동희는 에릭 말도나도의 차를 얻어 타고 이동했다. LA의 중심가에 들어온 에릭 말도나도는 호텔 앞에 차를 세웠다.

차에서 내린 그들은 호텔 레스토랑 내부로 들어갔다.

입구에서 깔끔한 정장 차림의 지배인이 나왔다. 그는 에릭 말도나도를 확인하고, 곧바로 자리로 안내했다. 구현진은 걸어가며 주위를 두리번거렸다.

그냥 눈으로 봐도 비싸 보이는 곳이었다.

"형, 여기 무지 비싸 보이는데요?"

"그러게. 그냥 레스토랑이 아닌데?"

"조금 부담스럽다."

"나도……."

구현진이 박동희와 얘기를 주고받자 가만히 지켜보던 에릭 말도나도가 눈을 가늘게 뜨며 말했다.

"뭐지? 왜 날 앞에 두고 둘이서만 얘기를 나눠?"

그러자 박동희가 곧바로 사과했다.

"아! 미안합니다. 구가 이런 곳을 좀 부담스러워 해서요."

"구가요?"

"네."

에릭 말도나도가 구현진을 보았다. 그리고 피식 웃으며 말했다.

"부담 가지지 마. 원래 새로 올라온 선수랑 같이 밥 먹는 게 당연하니까. 나도 예전엔 메이저리거에게 얻어먹곤 했지. 철이 없었는지 자존심 상하기도 하고, 창피하기도 했는데 그때 밥을 사주던 사람이 말을 이런 말을 하더라."

에릭 말도나도가 진지하게 말을 이어갔다.

"네가 메이저리거가 되면 그때는 너도 마이너리그 선수를 챙겨야 해. 가능하다면 가능성 있는 선수를. 그 말을 듣고 반드시 그러겠다고 생각했지."

에릭 말도나도의 말을 듣고 구현진 역시 피식 웃으며 고개를 끄덕였다.

"알겠어요, 잘 먹을게요. 나중에 제가 사이영 상 받으면 그때 거하게 밥 살게요."

박동희를 통해 구현진의 말을 전해 들은 에릭 말도나도가 웃었다.

"후후, 재미난 놈이네. 그래 기대할게."

그렇게 잠깐 얘기를 나누는 사이 음식이 나왔고, 구현진은 스테이크가 이렇게 맛나다는 것을 처음으로 느꼈다.

식사하는 와중에 에릭 말도나도의 질문이 쏟아졌다.

"마이너리그 생활은 어때?"

"견딜 만해요."

"그래, 견디다 보면 반드시 기회가 올 거야."

"네."

"그런데 얘기는 들었지? 원래 내일 선발이었던 리키가 손가락 물집으로 못 나온다는 거."

"아, 손가락 물집!"

"솔직히 심각한 정도는 아닌데……. 단장이 널 어지간히 예뻐하나 봐."

"네?"

구현진이 눈을 크게 뜨며 아무것도 모르는 표정을 지었다. 그 모습을 본 에릭 말도나도가 피식 웃었다.

"뭘 놀라고 그래. 내 생각이 그렇다는 거지. 사실, 10일짜리 DL도 억지로 넣은 것 같거든. 물론, 리키의 올해 성적이 좋지 않긴 했지. 휴식도 좀 필요했던 것 같고."

"아, 그래요?"

"너무 선발에 욕심내지 마! 그리고 소문에 의하면 내년 시즌이 되면 선발 1, 2명쯤 정리가 될 가능성이 커. 그럼 아마도 수많은 투수와 경쟁하게 되겠지만, 외부 영입을 하지 않는 이상 너에게 상당한 가능성이 있지 않을까?"

에릭 말도나도는 이런저런 정보를 구현진에게 아낌없이 말해주었다.

구현진이 고개를 갸웃하며 물었다.

"그런데 왜 나에게 잘해줘요? 오늘 처음 봤는데……."

그러자 에릭 말도나도가 피식 웃었다.

"내가 아까 말했잖아. 가능성이 있는 애한테 투자한다고. 그런데 너 특별히 포수 가리는 편이니?"

"글쎄요……."

"안 가렸으면 좋겠다."

에릭 말도나도의 말에 구현진은 절로 웃음이 나왔다.

"네, 안 가려요."

"후후, 그럴 줄 알았다. 아무튼, 내일 잘해보자!"

"네."

구현진과 박동희, 그리고 에릭 말도나도는 정답게 얘기를 주고받으며 저녁 식사를 끝냈다.

에릭 말도나도는 박동희와 구현진을 호텔까지 태워다주었다. 그들은 간단히 작별 인사를 했고 구현진은 박동희와 함께 방으로 올라가 편안하게 잠들 수 있었다.

3.

다음 날 구현진은 아침 일찍 일어나 가볍게 호텔 주위를 뛰었다.

그리고 간단히 아침을 먹은 후 10시경 경기장으로 향했다. 경기장은 조용했고, 제일 먼저 구현진이 출근했다. 그리고 11시부터 선수들이 하나둘 출근하기 시작했다.

에릭 말도나도는 12시경에 나와 몸을 풀었다. 그리고 구현진에게 다가갔다.

"잘 잤어?"

"아, 네!"

"그럼 가볍게 몸이라도 풀어볼까?"

"좋죠."

"좋아, 그럼 불펜으로 가자."

"네."

구현진은 가방에서 글러브를 챙겨 에릭 말도나도를 따라 불펜장으로 향했다. 그곳에서는 이미 투수들이 나와서 몸을 풀고 있었다.

그들이 구현진을 보고는 가볍게 인사를 건넸다.

"던질 수 있는 구종이 몇 개야? 내가 알기로는 3개인 것 같던데."

"총 4개에요."

"4개?"

"네, 포심, 체인지업, 커브, 슬라이더."

"뭐, 그 정도면 충분하네. 그럼 먼저 포심 패스트볼부터 볼까?"

"알겠어요."

구현진이 불펜 마운드에 올랐다. 에릭 말도나도는 장비를 착용하지 않고 가만히 서 있었다. 이미 포수 자리에는 누가 대기해 있었다.

"자! 우선 가볍게 하나 던져봐!"

구현진이 마운드를 고른 후 호흡을 내쉬었다. 그리고 키킹을 하며 정말 가볍게 공을 던졌다.

퍼엉!

미트에서 정말 좋은 소리가 들렸다.

"좋았어! 하나 더!"

구현진은 불펜 포수가 원하는 곳으로 공을 척척 던졌다. 그 사이 투수코치가 다가와 그 모습을 지켜보고 있었다.

펑! 펑! 펑!

총 10개의 공을 던지고는 에릭 말도나도가 정지시켰다.

"공 좋네!"

"고마워요."

구현진이 마운드를 내려가려 했다. 그러자 에릭 말도나도가 말렸다.

"구는 아직 내려오지 마!"

그리고 옆으로 지나가는 백업 포수 후안 그라테가 있었다. 에릭 말도나도는 곧바로 후안을 불렀다.

"후안!"

"왜?"

"이 녀석 공 좀 받아봐!"

"저 녀석 공을 받으라고?"

"그래!"

"내가 왜?"

"좀 받아봐!"

에릭 말도나도의 부탁에 후안 그라테가 고개를 끄덕였다.

"쩝! 귀찮은데……."

후안 그라테가 포수 장비를 착용하고 포수 자리로 가서 앉았다.

후안 그라테.

에인절스 백업 포수로 타율 2할 4푼 5리, 홈런 2개로 제법 준수한 성적을 내고 있었다.

후안이 자리를 잡자 에릭 말도나도가 구현진에게 말했다.

"구, 너는 공 10개를 정도 더 던져봐!"

"알았어요."

에릭 말도나도가 투수코치 옆으로 가서 섰다. 그러자 투수코치가 물었다.

"어때?"

"공이 좀 지저분해. 타자들이 많이 싫어하겠는데."

"그래? 그럼 오늘 선발로선 일단 합격점이라는 거네?"

"뭐, 지금까지는."

"알았어. 좀 더 지켜보자."

그때 피터 레이놀 단장과 마이크 오노 감독이 얘기를 나누며 불펜에 들어섰다.

"오, 불펜 피칭 중이야?"

피터 레이놀 단장이 환한 얼굴로 다가왔다. 마이크 오노 감독도 근엄한 얼굴로 구현진의 투구 모습을 보기 위해 섰다. 갑자기 나타난 구경꾼(?)들 때문에 구현진은 살짝 부담되었다.

"헐, 갑자기 구경꾼들이 늘었네. 완전히 동물원에 원숭이가 된 기분이야."

다들 눈을 반짝이며 구현진에게서 시선을 떼지 않았다.

"구! 편안하게 던져!"

에릭 말도나도가 구현진의 긴장을 풀어주기 위해서 소리쳤다.

구현진은 약간 긴장한 표정으로 초구를 던졌다.

그런데 어깨에 잔뜩 힘이 들어가 있어서 그런지 포수 후안이 전혀 손댈 수 없는 곳으로 날아갔다.

“허걱!”

구현진도 놀라며 헛바람을 삼켰다. 그러자 투수코치가 나서며 말했다.

“워워, 신성해. 우린 널 잡아먹지 않아! 조금 전 던졌던 것처럼 던져!”

“알겠어요.”

구현진은 마운드 위에서 크게 심호흡을 했다.

한편, 포수 후안은 어이가 없었다.

‘뭐야? 아무리 트리플 A에서 갓 올라온 루키라고 하지만 이런 말도 안 되는 공을 던져? 제구가 전혀 안 잡혔잖아!’

후안은 초구부터 맘에 들지 않았다. 아니, 단장까지 나타나 지켜보는 것에 조금 질투가 났다.

‘얼마나 대단한 루키이기에 단장이 직접 내려와서 지켜보는 거야?’

후안이 힐끔거리며 그냥 미트를 들었다.

그런데 그 미트 안으로 갑자기 공이 팟! 하고 들어왔다.

펑!

후안이 깜짝 놀라며 자신의 미트 속으로 들여다보았다. 그 안에는 공이 정확하게 들어가 있었다.

“노, 놀래라…….”

그 순간 투수코치가 손에 들고 있던 스피드 건으로 모든 시선이 향했다.

[96mile/h(≒154㎞/h)]

"음……."

마이크 오노 감독이 낮은 신음을 흘리며 고개를 끄덕였다. 피터 레이놀 단장도 미소를 지었다.

"공이……."

마이크 오노 감독이 작게 중얼거렸다. 그러자 지켜보던 에릭 말도나도가 말했다.

"역시 지저분해! 옆에서 지켜보니 확실하네."

"포심인데도 움직임이 상당하네. 공이 똑바로 들어오질 않아. 회전이 걸려서 좌타자 몸 쪽으로 살짝 휘네."

투수코치 역시 고개를 끄덕이며 말했다.

"가만 그럼 커터야? 아님 투심이야?"

"노노, 포심 패스트볼입니다."

에릭 말도나도가 당당하게 말했다. 마이크 오노 감독은 약간 의외라는 듯한 표정을 지었다.

"그래? 재밌네. 좌타자를 상대할 때 아주 유용하겠어."

그 뒤로 구현진은 포심 패스트볼을 계속해서 던졌다. 그때마다 공의 변화가 미묘하지만 조금씩 달랐다.

"저게 정말 포심이야?"

"네, 포심이라고 해도 실밥을 어떻게 잡는지에 따라서 달라지는 것 같은데."

마이크 오노 감독의 물음에 투수코치가 곧바로 답을 해주었다. 마이크 오노 감독은 계속해서 고개를 주억거렸다.

그냥 밋밋하게 들어오는 포심 패스트볼보다는 저렇게 볼 끝이 지저분한 것이 좋았다.

"좋아, 좋아. 오늘 경기 재미있겠어."

마이크 오노 감독은 흡족한 미소를 지었다. 그리고 구현진을 향해 말했다.

"변화구는 없나?"

"있어요."

"그럼 변화구를 던져봐."

마이크 오노 감독의 말에 구현진은 변화구를 섞어서 던져보았다. 그렇게 약 20개의 공을 던졌을 때 마이크 오노 감독이 외쳤다.

"그만!"

"그만요? 저 이제 몸 풀렸는데요?"

"어차피 몇 시간 후면 경기인데 남은 힘은 그때 쓰도록 해."

마이크 오노 감독은 매우 만족스러운 표정으로 말했다.

"보고 받았던 것보다 훨씬 좋은데?"

투수코치도 만족스러워했다.

"그런데 왜 이번 로스터 확장 때 안 올렸지?"

피터 레이놀 단장은 뒤에서 팔짱을 낀 채 흐뭇한 표정을 지었다.

'후후, 역시 내 계획대로 가고 있군.'

그런데 에릭 말도나도가 갑자기 포수 장비를 착용했다.

"구, 조금 더 던질 수 있지?"

"네, 더 던질 수 있어요."

"좋아, 주전 포수인 나도 공을 좀 받아봐야지! 한 10개만 던져!"

"알았어요."

에릭 말도나도가 자리에 앉아 미트를 들었다.

"자, 던져!"

구현진이 호흡을 고른 후 힘껏 공을 던졌다.

퍼엉!

공이 미트에 박히는 소리가 주변 가득 울려 퍼졌다. 그런데 다른 포수가 잡을 때와 어딘지 모르게 소리가 달랐다. 좀 더 소리가 크고, 맑게 들렸다.

공을 건네받은 구현진이 혼잣말을 중얼거렸다.

"역시 주전 포수라서 그런지 받는 소리부터 다르네."

구현진은 투구판을 밟고 2구째 공을 던졌다. 이번에는 스트라이크존을 약간 벗어나는 공이었다.

퍽!

그런데 에릭 말도나도가 미트를 착 감아올리며 프레이밍을 시도했다. 교묘하게 스트라이크를 만들고 있었다. 그 모습을 본 구현진이 살짝 놀랐다.

'이야, 저걸 스트라이크로 만드네. 프레이밍이 좋아. 역시 메이저리그 주전 포수구나!'

구현진이 놀라워하며 몇 개의 공을 더 던졌다. 마지막 공을 받고 에릭 말도나도가 자리에서 일어났다.

"이 정도면 충분하네. 저녁에 있을 경기 잘해보자!"

"네, 잘해봐요!"

마이크 오노 감독과, 피터 레이놀 단장 그리고 투수코치까지 모두 구현진의 투구에 만족감을 드러냈다.

구현진은 그들에게 자신의 투구를 선보인 후 수건으로 땀을 닦았다.

박동희가 옆으로 다가왔다.

"현진아, 잘했어. 모두들 만족하고 있어."

"그래요?"

"그래. 이제 저녁 경기에서 잘만 던지면 될 것 같아!"

"네, 형."

구현진은 피식 웃으며 생각했다.

'진짜 메이저리그에 올라오길 잘했다.'

4.

에인절스타디움에는 약 2만여 명의 관중이 들어차 있었다. 외야석에는 듬성듬성 빈 곳이 보이지만 그래도 많은 관중이 구장을 찾아주었다.

경기가 시작되기 전 중계진의 음성이 경기장 가득 울려 퍼졌다.

-신사 숙녀 여러분, 안녕하십니까. 에인절스타디움에 오신 것을 환영합니다. 오늘 밤은 여러분의 에인절스와 레인저스의 경기가 있습니다.

구현진은 경기장에 나서기 전 불펜에서 간단히 점검했다. 그 옆에서 마이크 오노 감독과 투수코치가 지켜보고 있었다.

구현진은 불펜 마운드에서 가볍게 몸을 풀었다.

펑!

구현진의 얼굴에 다소 긴장감이 흘렀다.

하지만 던지는 것에는 아무런 영향이 없었다.

펑!

공을 지켜보던 마이크 오노 감독과 투수코치는 흡족한 미소를 머금으며 고개를 끄덕였다.

"좋아! 거기까지 하지."

마이크 오노 감독이 손뼉을 치며 정지시켰다.

구현진은 마운드에서 내려와 수건으로 흐르는 땀을 닦았다. 그런데 생각보다 땀이 많이 흘렀다.

"저기 옷 좀 갈아입고 오겠습니다."

구현진은 곧바로 클럽 하우스로 가서 땀이 흥건한 옷을 벗고 새 옷을 입었다. 그때까지 가슴이 두근두근했다.

"내가 진짜 메이저리그 마운드에 오르는 거야?"

구현진은 스스로 물었다.

그때 클럽하우스 입구에 서 있던 박동희가 말을 걸었다.

"그래, 드디어 메이저리그 마운드에 오르는 거지."

구현진의 고개가 홱 돌아갔다.

"형!"

"많이 긴장되냐?"

"조금요."

구현진이 애써 미소를 지으며 말했다. 그러자 박동희가 구현진의 어깨에 가볍게 손을 올렸다.

"편하게 던지라는 뻔한 말은 안 할게. 하지만 난 마운드에

서면 달라질 너를 믿는다. 지금까지 그래왔고 오늘도 마찬가지일 거야."

박동희가 웃으며 말했다. 구현진 역시 웃었다.

"고마워요. 좀 괜찮아지네요."

"그래! 이제 나가자! 곧 경기가 시작돼."

"알았어요."

구현진이 클럽하우스를 벗어나 더그아웃 쪽으로 향했다.

잠시 후 미국 국가가 울리고 곧바로 경기가 진행되었다.

구현진이 모자를 꾹 눌러 쓰고 글러브를 챙겨 마운드를 향해 뛰쳐나갔다.

그 뒤에 있던 박동희가 소리쳤다.

"파이팅, 구현진!"

구현진은 피식 웃었다. 마운드에 오른 구현진은 자신을 지켜보는 수많은 관중을 볼 수 있었다. 웅성거리며 여유롭게 자신을 바라보고 있었다.

마운드의 흙을 스파이크로 고르며 긴장감을 벗어나려고 했다. 그리고 몇 개의 연습구를 던진 후 마운드를 내려가, 로진백을 들어 툭툭 던졌다.

"후우……. 할 수 있어, 잘할 수 있어."

구현진은 혼잣말을 중얼거렸다.

그때 1회 초 레인저스의 공격을 맞이해 1번 타자 추신우가 방망이를 돌리며 좌타석에 들어섰다.

-릭 놀라스코를 대신해 어제 마이너리그에서 올라온 루키 구현진. 오늘 메이저리그 첫 데뷔 무대입니다.

-트리플 A에서의 성적은 4경기 3승. 방어율 1.17로 아주 빼어난 성적을 올리고 있군요.

-올해 에인절스에 입단해 루키 리그부터 시작했는데 단 몇 개월 만에 이곳, 메이저리그까지 올라왔군요.

-그렇습니다. 그만큼 실력이 있다는 것이죠. 구현진 선수가 만 19세의 어린 나이임에도 메이저리그 유망주 No.2에 올라 있는 것만 해도 알 수 있지요. 에인절스가 이 루키에게 잔뜩 기대하고 있는 것도 이해할 수 있습니다.

-항간에는 에인절스 단장의 첫 작품이 바로 구현진이라고 하더군요.

-맞습니다. 에인절스 단장 피터 레이놀은 작년 말에 에인절스 단장으로 부임해 첫 선수 계약을 구현진과 했죠. 무척이나 아끼고 있다는 소문도 있습니다.

-그렇겠죠. 단장으로 취임해 계약한 첫 선수인데요. 지금까지는 꽤 만족스러운 성적을 보여주고 있습니다.

-하지만 오늘 첫 메이저리그 등판이 아닙니까? 오늘 모습을 봐야 확실한 해답이 나올 것 같습니다.

-아 참. 그리고 오늘 추신우 선수와의 맞대결도 있죠? 코리안 빅 매치도 재미있을 것 같군요.

-추신우 선수야 명실상부한 메이저리그 탑 타자죠. 과연 오늘 어떤 대결이 벌어질지 기대가 됩니다.

-예, 이제 막 경기가 시작되었습니다. 레인저스의 1번 타자 추신우 선수가 타석에 들어섰습니다.

구현진은 투구판을 밟고 섰다.

좌타석에 들어선 추신우를 보니 감회가 새로웠다.

“아, 추 선배님…….”

구현진은 경기가 있기 전 추신우를 만났다. 먼저 다가온 쪽은 추신우였다. 그냥 반가운 인사와 경기 끝나고 식사하자는 얘기가 전부였다. 그리고 서로 봐주기 없기로 했다.

구현진은 마운드 위에서 침을 꿀꺽 삼켰다. 첫 타자부터 존경하는 추신우 선배와의 대결이었다.

“긴장하지 말자! 긴장하지 말자!”

구현진은 스스로에게 주문을 건 후 메이저리그 마운드에서 던질 첫 구의 사인을 포수 에릭 말도나도로부터 받았다.

‘자자, 루키! 긴장되겠지만 잘해보자고.’

에릭 말도나도가 눈을 반짝이며 타자 옆에 바짝 붙어 앉았다. 초구는 몸 쪽으로 붙이는 포심 패스트볼이었다. 구현진이 가볍게 고개를 끄덕인 후 자세를 잡았다.

그리고 메이저리그 마운드에서의 첫 키킹을 하며 공을 힘껏 던졌다. 하지만 공은 몸 쪽으로 바짝 붙지 않고 약간 밋밋하게 들어갔다.

그것을 추신우는 놓치지 않고 힘껏 잡아 돌렸다.

딱!

공은 1루수 키를 훌쩍 넘기며 우익수 방향을 날아갔다. 파울라인 근처를 맞고 펜스에 부딪쳤다. 장타 코스였다.

추신우는 빠른 발을 이용해 단숨에 2루까지 내달렸다. 에인절스의 우익수 캐릭 칼훈이 공을 포구해 2루에 던졌지만 추신우는 이미 2루에 안착한 후였다.

구현진은 초구부터 2루타를 맞으며 메이저리그 첫 데뷔 무대를 불안하게 출발했다.

그때 에인절스 2루수 케일럽 코발트가 공을 더그아웃 쪽으로 던졌다. 그것을 투수코치가 받아서 잘 보관했다. 그 공은 구현진의 메이저리그 데뷔 처음으로 던진 기념비적 공이었다.

비록 추신우에게 초구 2루타를 맞았지만, 기념은 기념이었다. 그리고 구현진은 곧바로 레인저스 2번 타자 엠버 앤드류스가 타석에 들어섰다.

구현진은 초구 바깥쪽 96마일(≒154㎞/h)의 포심 패스트볼을 던져 스트라이크를 잡았다.

에릭 말도나도는 2구로 낮게 떨어지는 커브를 요구했다. 구위가 좋은 구현진의 포심 패스트볼을 살리려면 적절한 변화구를 섞어야 한다는 것을 잘 알고 있었다.

구현진은 에릭 말도나도의 리드를 믿고 공을 던졌다. 2구 커브가 낮게 떨어지며 원 바운드가 되었다. 에릭 말도나도가 곧바로 블로킹하며 재빨리 공을 집어 2루 주자를 견제했다.

1-1인 상황에 3구는 바깥쪽 낮은 코스의 포심 패스트볼이었다.

하지만 아직 구현진의 어깨에 잔뜩 힘이 들어가 있어서인지 공이 너무 낮게 제구되었다.

"볼!"

2볼 1스트라이크가 되었다.

구현진은 공을 건네받은 후 로진백을 툭툭 건드렸다. 두 번째 타자를 상대할 때까지도 좀처럼 제구가 되지 않았다.

에릭 말도나도는 네 번째 공으로 바깥쪽에 걸치는 포심 패스트볼을 요구했다. 구현진 고개를 끄덕인 후 2루 주자를 힐끔 봤다. 추신우는 리드 폭을 천천히 가져갔다.

구현진이 셋 포지션으로 재빨리 공을 던졌다. 공은 미트를 향해 빠르게 날아갔다.

그때 엠버 앤드류스의 방망이가 돌아갔다.

딱!

약간 타이밍이 늦었는지 공은 1루 측 관중석으로 날아가는 파울이 되었다. 2-2인 상황에서 5구째 공이 홈 플레이트 앞에서 바운드되는 포심 패스트볼이었다.

3-2풀 카운트에 몰린 구현진이었다.

'하아, 내가 너무 긴장했나? 왜 제구가 안 되지?'

구현진은 어깨를 몇 번 돌리고는 사인을 기다렸다. 에릭 말도나도는 다시 조금 전과 같은 사인을 보냈다. 바깥쪽 낮은 코스의 포심 패스트볼이었다.

구현진이 가볍게 고개를 끄덕인 후 공을 던졌다.

펑!

하지만 공은 스트라이크를 벗어나는 볼이 되었다. 결국 첫 안타와 첫 볼넷을 내주게 되었다. 엠버 앤드류스는 좋은 선구안을 선보이며 1루에 뛰어갔다.

"하아, 미치겠네!"

구현진은 답답한지 마운드에서 내려와 로진백을 들었다. 그때 포수 에릭 말도나도가 타임을 요청하고 마운드로 올라갔다.

-루키 구현진 선수! 메이저리그 첫 데뷔 무대가 부담스러운 것인지, 아니면 첫 타자에게 2루타를 맞아서인지 제구가 잘되지 않네요.

-첫 타자 추신우에게 맞은 것은 어쩔 수 없다고 해도, 2번째

타자에게는 좀 더 과감한 승부를 펼쳤어야 했습니다.

-구는 만 19세의 루키입니다. 어린 나이에 당연히 긴장되겠죠. 아직 구에게는 메이저리그 마운드가 버겁게 보입니다.

"어깨에 잔뜩 힘이 들어가 있는데? 많이 긴장돼?"

에릭 말도나도가 구현진을 보며 물었다. 어느 정도 영어를 알아듣는 구현진이 어색한 미소를 지으며 고개를 끄덕였다.

"그래, 그렇겠지. 2루에 주자가 있고 노아웃에 주자는 2명이나 찼어. 제구는 잘 안 되고 점점 더 신경 쓸 게 많아질 거야. 하지만, 그런 건 다 잊어. 넌 내 미트만 보면 돼. 어깨 힘 빼고 연습했던 것처럼만 던져."

에릭 말도나도가 강한 눈빛으로 말했다. 그러자 구현진이 고개를 끄덕이며 말했다.

"네!"

"좋아. 네 뒤에 있는 사람들 메이저리거야. 동료를 믿고 과감하게 던져!"

"네."

"좋아."

에릭 말도나도가 얘기를 마치고 다시 포수석으로 돌아갔다. 구현진은 숨을 내쉬었다가 마시는 것을 여러 번 반복했다. 그러곤 스파이크로 마운드를 다시 고른 후 투구판을 밟았다.

'야, 구현진! 너 이렇게 망칠 거야? 편안하게 던져! 그래, 평소대로만 던지면 돼! 평소대로만!'

구현진은 스스로를 다그쳤다. 그리고 레인저스 3번 타자 라마 마지라를 상대로 포수 사인을 확인했다. 에릭 말도나도가 바깥쪽으로 포수 미트를 들었다.

구현진은 망설임 없이 포수 미트를 향해 힘껏 공을 던졌다.

퍼엉!

"스트라이크!"

기분 좋은 소리가 들려왔다.

"나이스 볼! 그래! 이렇게만 던져!"

에릭 말도나도의 마운드 방문이 효과가 있었는지 이번에는 제구가 제대로 잡혔다.

'그럼 구속을 좀 더 올려볼까?'

3번 타자 라마 마지라가 방망이를 돌리며 타격 자세를 취했다.

구현진이 힘껏 공을 던졌다.

후앗!

낮게 떨어지는 체인지업이었다. 라마 마지라가 살짝 반응을 보였지만 잘 참아냈다.

1-1인 상황에서 3구 역시 바깥으로 빠지는 볼이 되었다. 4구째는 몸 쪽으로 들어가는 포심 패스트볼이었다.

딱!

라마 마지라가 방망이를 잡아 돌렸지만, 파울이 되었다. 2-2인 상황에서 구현진은 하이 패스트볼을 던졌다.

퍼엉!

기분 좋은 미트질 소리가 들려왔다. 그러나 라마 마지라의 방망이는 꿈쩍도 하지 않았다. 결국, 또다시 3-2 풀 카운트에 몰렸다.

"후우……."

구현진이 마운드 위에서 호흡을 골랐다. 그때 에릭 말도나도가 체인지업 사인을 냈다.

'체인지업? 그것도 바깥쪽 낮게 떨어지는 공?'

구현진은 사인을 받고 조금 망설여졌다. 만약 이 공마저 참아내면 무사 만루가 되는 상황이었다.

하지만 에릭 말도나도는 눈빛을 반짝이며 미트를 들었다.

잠시 고민하던 구현진은 고개를 끄덕이며 체인지업 그립을 잡았다. 1루 쪽을 힐끔 본 후 셋 포지션으로 공을 던졌다. 공은 포심 패스트볼처럼 날아가다가 홈 플레이트 앞에서 살짝 가라앉았다.

에릭 말도나도가 가볍게 캐치했다.

그사이 라마 마지라의 방망이 역시 허공을 가르며 헛스윙이 되었다.

"스트라이크! 타자 아웃!"

"좋았어!"

구현진이 첫 삼진을 잡고 주먹을 불끈 쥐었다.

라마 마지라는 포심 패스트볼이 들어오는 줄 알았다. 그런데 체인지업이 들어오자 당황했다.

첫 삼진을 잡은 후 구현진은 기분이 좋아졌다. 그리고 4번 타자 아드리안 벨트를 상대로 초구부터 과감하게 몸 쪽으로 공을 던졌다.

딱!

아드리안 벨트 역시 몸 쪽으로 날아오는 공에 즉각적으로 반응하며 방망이를 돌렸다.

하지만 공의 밑동을 퍼 올리며 2루수 팝 플라이 아웃으로 물러났다. 무사 1, 2루인 상황에서 2아웃 1, 2루가 되었다.

그 자신감을 바탕으로 다음 타자를 상대했다. 에릭 말도나도의 사인을 받은 구현진은 초구를 바깥쪽 낮은 코스에 포심 패스트볼을 던졌다.

퍼엉!

"스트라이크!"

레인저스 5번 타자 누네 오도어가 공격적인 자세로 방망이를 돌려봤지만 스치지도 못했다. 2구째 몸 쪽으로 떨어지는 체인지업 역시 헛스윙이 되었다.

2스트라이크에 몰린 누네 오도어.

3구째 가운데로 떨어지는 슬로우 커브에 또다시 헛스윙하면서 구현진이 삼진을 하나 더 추가, 1회 초를 마무리 지었다.

구현진은 초반 안타와 볼넷으로 만든 무사 1, 2루 상황을 삼진 2개와 2루수 팝 플라이 아웃으로 막아냈다. 그리고 당당한 걸음으로 마운드를 내려갔다.

-와우! 오도어 삼진! 루키 구현진. 정말 대단한데요. 스스로 만든 위기를 스스로 벗어났어요.

-초반 긴장감이 포수 말도나도의 방문으로 말끔히 사라진 모습입니다. 그 후에 삼진과 2루수 플라이 아웃 그리고 오도어를 3구 헛스윙 삼진으로 잡아내기까지! 이제 갓 올라온 루키 맞나요?

중계진 역시 놀라고 있었다.

마이크 오노 감독도 흡족한 미소를 지으며 더그아웃으로 들어오는 구현진에게 박수를 보내주었다.

1회 말 에인절스는 1번 타자 파누 에스코바가 삼진. 2번 매니 트라웃이 좌전 안타로 나갔지만 3번 알버트 퓨욜의 삼진, 4번 캐릭 칼훈의 우익수 플라이 아웃으로 공격이 끝났다.

구현진이 글러브를 잡고 일어났다.

"자, 2회도 깔끔하게 막자!"

"네."

에릭 말도나도의 응원을 받고 구현진이 피식 웃으며 대답했다.

1회 초에 가졌던 긴장감은 이미 사라지고 없었다. 무사 1, 2루를 스스로 막아내자 구현진은 자신감이 생겼다.

그러자 공에도 힘이 붙기 시작했다.

레인저스의 선두타자는 6번 마크 나폴리였다. 구현진은 마크 나폴리를 상대로 자신의 구위를 뽐냈다.

초구, 몸 쪽 공을 잡아당겨 파울. 2구째는 몸 쪽으로 떨어지는 슬로우 커브에 반응하지 못하고 스트라이크가 되었다.

2스트라이크인 상황에서 에릭 말도나도는 과감하게 바깥쪽 낮은 포심 패스트볼을 요구했다.

구현진이 가볍게 고개를 끄덕인 후 힘껏 던졌다.

퍼엉!

"스트라이크! 타자 아웃!"

바깥쪽 낮은 코스에 절묘하게 들어가는 포심 패스트볼이었다. 전광판에 찍힌 구속은 97마일(≒156㎞/h)이었다.

"오오오오!"

3구 삼진으로 타자를 잡아내자 관중석에서 탄성이 흘러나왔다. 급기야 손뼉까지 치며 구현진에게 힘을 주고 있었다.

구현진 역시 탄력을 받았는지 7번 타자 조나단 갈로를 상대로 삼구삼진을 잡아내었다. 초구 바깥쪽 스트라이크, 두 번째는 조나단 갈로가 높은 볼을 건드려 파울. 3구째 역시 하이 패스트볼에 헛스윙 삼진이 되었다.

이로써 구현진은 1회 초 마지막 타자의 삼진을 시작으로 세 타자를 연속 삼진으로 잡아내었다.

8번 타자 카를로스 고메즈가 타석에 들어섰다. 구현진은 초구 몸 쪽 포심 패스트볼을 던졌다. 타자 무릎 쪽으로 깔끔하게 들어가는 코스였다.

"스트라이크!"

주심의 손이 여지없이 올라가며 콜을 외쳤다.

2구는 바깥쪽 약간 높은 체인지업이었는데, 타자가 살짝 건드렸다. 방망이 끝에 맞은 공은 유격수 안드레이 시몬스가 깔끔하게 처리해 삼자범퇴로 이닝을 마무리 지었다.

이에 중계진은 난리가 났다.

-저 선수가 정말 루키가 맞나요? 어제 트리플 A에서 올라온 만 19세 어린 선수가 맞냐 말입니다.

-저도 제 눈으로 직접 보고도 믿기지 않습니다.

-태평양을 건너온 한국인 투수가 메이저리그 타자들을 압도하고 있습니다.

마이크 오노 감독도 놀라고 있었다.

구현진의 구위가 좋다는 것은 알고 있었다.

하지만 이 정도로 타자들을 압도할 것이라고는 생각지도 않았다. 2회 초가 끝난 지금 구현진의 총 투구 수는 24개, 삼진은 무려 4개를 잡아내고 있었다.

피터 레이놀 단장 역시 VIP 룸에서 지켜보고 있었다. 초반 흔들리는 모습을 보고 걱정되었지만, 그 후의 모습은 그야말로 대단했다.

"역시! 나의 선택이 옳았어! 후후후, 다들 깜짝 놀랐겠는데?"

피터 레이놀 단장은 방금 전 경기로 구현진에 대한 확신이 들었다.

오늘 이 경기로 구현진이란 이름을 확실하게 각인시킨 후, 내년 선발진으로 합류!

그는 구현진이 이끌어갈 에인절스의 미래를 생각하니 절로 미소가 지어졌다.

하지만 타자들이 분위기를 이어가지 못하면서 에인절스의 2회 말 역시 삼자범퇴로 허무하게 끝나 버렸다.

그리고 곧바로 3회 초 레인저스의 공격이 시작되었다.

구현진이 마운드에 올랐다. 그러자 관중석에서 뜨거운 박수가 흘러나왔다.

"와아아아!"

"루키! 이번 회도 잘 막아줘!"

"멋지다!"

관중들이 휘파람과 박수를 보내며 환호했다. 에인절스의 새로운 투수 탄생을 환영하고 있었다.

구현진이 마운드에 섰다. 저번 회에 상대 팀 투수가 그에게 맞춰놓은 마운드를 자신에 맞게 다시 골랐다. 그사이 방망이를 돌리며 9번 타자 브라운 니콜라스가 들어섰다.

구현진이 제 컨디션을 찾아가면서 에릭 말도나도의 리드는 더욱 공격적으로 변했다. 초구를 바깥쪽 스트라이크존에 걸치는 포심 패스트볼로 요구했다.

구현진은 깔끔한 제구력을 발휘하여 그 요구에 한 치의 오차도 없이 응하였다.

퍼엉!

"스트라이크!"

브라운 니콜라스의 방망이는 꿈쩍도 하지 않았다. 그만큼 스트라이크존에 아슬아슬하게 걸쳐 들어올 만큼 잘 제구된 공이었다.

에릭 말도나도는 입가의 미소가 떠나지 않았다.

'재미있어! 역시 리드할 맛이 난다니까.'

투수의 공이 포수가 원하는 곳으로 '팍팍' 들어와 주면 그만큼 리드할 맛이 났다. 그럴수록 에릭 말도나도는 더욱 공격적으로 리드를 가져갔다.

2구는 몸 쪽 낮게 깔리는 포심 패스트볼을 던져 스트라이크. 2스트라이크 노 볼인 상황에서 에릭 말도나도는 바깥쪽 체인지업을 요구했다. 두 개 연속으로 빠른 공이 왔기에 타자의 타이밍을 뺏기에는 체인지업만 한 것이 없었다.

구현진은 고개를 끄덕인 후 포수 에릭 말도나도의 요구대로 바깥쪽 체인지업을 던졌다.

2스트라이크로 몰린 브라운 니콜라스는 방망이를 움직일 수밖에 없었다.

딱!

공이 방망이 끝에 맞고 파울이 되었다. 볼 카운트는 여전히 2스트라이크였다. 이때 에릭 말도나도의 사인은 중앙 낮은 쪽 포심 패스트볼이었다.

'이런, 이런. 너무 공격적인 리드인데?'

구현진이 속으로 생각하며 중얼거렸다. 하지만 에릭 말도나도의 리드는 믿음이 갔다.

'아무 생각 말자. 믿고 던지는 거야.'

구현진이 포수 미트를 향해 힘껏 공을 던졌다.

팡!

공은 여지없이 포수 미트 속으로 빨려 들어갔고, 브라운 니콜라스의 방망이 역시 허공을 갈랐다.

"스트라이크 아웃!"

그리고…….

"오오오오오!"

"구속이 또 올라갔어!"

"오늘 최고 구속 아냐?"

"세상에 이러다가 100마일도 충분히 찍겠어!"

관중들이 놀라는 이유는 전광판에 찍힌 방금 공의 구속 때문이었다.

[98mile/h(≒157㎞/h).]

구현진은 평균적으로 94, 95마일 정도를 던졌다. 그러다가 이번에 힘껏 공을 던져보았다. 몸이 제대로 풀렸는지 생각했던 것보다 구속이 올라가 있었다.

구현진은 빠른 공을 자랑하며 선두타자를 삼진으로 깔끔하게 잡아내는 데 성공했다. 그리고 타순이 한 바퀴 돌아, 마침내 다시 1번 타자 추신우를 맞이하였다.

첫 번째 대결에서는 선배 추신우의 승리였다.

하지만 지금은 그때와 달랐다. 추신우 역시 확 달라진 구현진의 구위에 살짝 긴장했다.

구현진은 장타를 의식해서인지 공을 낮게 던지려고 했다. 그러다 보니 초구와 2구 모두 볼이 되었다.

하지만 3구째 바깥쪽 높은 공으로 추신우의 헛스윙을 이끌어냈다.

2볼 1스트라이크인 상황에서 이번에는 4구째 몸 쪽으로 포심 패스트볼을 던졌다. 추신우의 방망이가 어지없이 돌아갔다.

딱!

방망이 안쪽에 맞은 공이 추신우의 스파이크를 강타하며 파울이 되었다.

"으악!"

추신우는 자신이 친 공에 발을 맞자, 고함을 내질렀다. 잠시 통통 뛰던 추신우는 허리를 굽혀 통증을 삭혔다.

곧바로 트레이너가 나오려 했지만 추신우가 손을 들어 괜찮다는 신호를 보냈다.

추신우는 몇 번 오른쪽 다리를 털어내고는 다시 타석에 들어섰다.

구현진 역시 살짝 걱정되었지만 거기까지였다. 오로지 포수에게 집중했다.

에릭 말도나도가 손가락 세 개를 펼쳤다. 그리고 몸 쪽 낮은 공을 요구했다.

구현진이 가볍게 고개를 끄덕인 후 글러브 안에서 체인지업 그립을 잡았다. 그리고 포수 미트를 뚫어지라 바라보며 공을 힘껏 던졌다.

공은 추신우의 몸 쪽을 향해 날아갔다. 추신우의 방망이가 힘껏 돌아갔다.

하지만 구현진의 결정구가 홈 플레이트 앞에서 가라앉으며 추신우의 방망이를 헛돌게 만들었다.

"스트라이크! 타자 아웃!"

추신우는 갑자기 날아온 브레이킹 볼에 눈을 크게 떴다. 그리고 희미하게 웃으며 더그아웃으로 향했다.

-추! 이번에는 삼진으로 물러났군요.

-혹시 첫 안타는 선배에 대한 예의 차원에서 맞아준 것이 아닐까요?

-오오, 그럴 가능성도 있네요. 제가 듣기로는 한국은 선, 후배의 상하 관계가 철저하다고 들었습니다.

-그런 의심이 들긴 합니다.

-뭐, 나중에 물어보면 되겠죠. 하하하!

구현진이 3회 초 투아웃을 잡고, 로진백을 툭툭 건드렸다. 2번 타자 엠버 앤드류스가 타석에 들어섰다. 엠버 앤드류스는 저번 타석에서 뛰어난 선구안을 통해 볼넷으로 걸어 나갔다.

이로써 두 번째 승부.

구현진은 초구, 높은 하이 패스트볼을 던졌다. 엠버 앤드류스는 그것을 때려 1루 파울을 만들었다. 두 번째 공은 바깥쪽으로 빠지는 포심 패스트볼이었는데, 거기에 헛스윙. 2스트라이크가 되었다.

볼 카운트가 불리해지면서 에릭 말도나도는 다시 한번 체인지업을 요구하며 공격적인 피칭을 이어가려 했다.

구현진이 고개를 끄덕이며 공을 던졌다. 공이 잘 날아가다가 홈 플레이트 앞에서 가라앉았다. 엠버 앤드류스가 움찔했지만, 방망이는 나가지 않았다.

하지만 에릭 말도나도가 프레이밍으로 살짝 들어 올렸다. 그사이 주심의 손이 올라가며 스트라이크를 외쳤다.

"스트라이크! 타자 아웃!"

"어라? 이게 스트라이크라고요?"

엠버 앤드류스가 살짝 항의해 봤지만 주심은 받아들이지 않았다. 엠버 앤드류스가 고개를 절레절레 흔들며 더그아웃으로 걸어갔다.

구현진은 3회 초 세 명의 타자를 모두 삼진으로 잡으며 이닝을 마쳤다.

구현진은 더그아웃으로 들어가기 전 에릭 말도나도를 기다렸다. 그리고 다가오는 에릭 말도나도를 향해 글러브를 들었다.

구현진은 볼이 되었을 공을 프레이밍으로 스트라이크를 만들어준 에릭 말도나도에게 고마움을 드러냈다. 에릭 말도나도 역시 글러브를 들어 부딪쳤다.

"나이스 캐치!"

"나이스 볼!"

두 사람이 서로를 바라보며 미소를 지었다.

구현진이 레인저스 타선을 꼼짝 못 하게 만들고 있었지만, 에인절스 타선 역시 점수를 뽑지 못하고 있었다. 8, 9, 1번으로 이어지는 에인절스 타선을 구현진과 같이 세 타자 연속 삼진으로 잡으며 이닝을 마쳤다.

레인저스의 투수는 닉 마르티네스였다. 방어율 5.07에 3승 4패를 기록하고 있었다. 이 정도로 보면 최소한 2점을 뽑아줘야 했다.

그런데 어찌 된 영문인지 에인절스 타자들이 꼼짝을 못 하고 있었다.

루키에게 점수를 뽑기 위해 공격적으로 나선 것이 오히려 독이 되는 듯 보였다.

어쨌든 3회까지 0-0 팽팽한 투수전 양상을 보이고 있었다.

4회 초, 구현진은 여전히 마운드를 지키고 서 있었다.

레인저스의 선두타자 3번 라마 마지라가 타석에 들어섰다. 첫 번째 타석에서 삼진으로 잡은 선수였다.

구현진은 이번에도 역시 공격적으로 피칭을 하였다. 몸 쪽 낮은 코스의 공을 라마 마지라가 때려냈다. 하지만 자신의 발에 맞으며 파울이 되었다.

2구. 라마 마지라가 큰 것을 노린 듯, 바깥쪽에 떨어지는 체인지업에 방망이를 크게 휘두르며 헛스윙을 하였다.

3구는 홈 플레이트 앞에서 떨어지는 커브볼이었다.

너무 앞에 떨어져서 그런지 라마 마지라의 방망이는 꿈쩍도 하지 않았다.

1볼 2스트라이크인 상황에서 에릭 말도나도는 또다시 같은 코스의 구종을 요구했다.

구현진은 곧바로 고개를 끄덕인 후 공을 던졌다.

구현진의 커브가 홈 플레이트보다 훨씬 뒤에서 뚝 떨어지며 바운드되었다.

하지만 라마 마지라의 방망이는 어이없게 돌아가며 헛스윙이 되었다. 아무래도 라마 마지라는 포심 패스트볼에 타이밍을 맞추고 있었던 모양이었다.

에릭 말도나도는 재빨리 공을 앞에 떨어뜨린 후 손으로 집었다. 라마 마지라는 헛스윙 삼진으로 천천히 걸어갔다.

에릭 말도라도는 돌아서 가는 라마 마지라의 엉덩이를 공으로 가볍게 터치했다.

또다시 삼진으로 물러난 라마 마지라는 허탈한 표정을 감추지 못했다.

"하아……. 완전히 말렸군."

4번 아드리안 벨트가 타석에 들어섰다. 아드리안 벨트는 타석에서 흔들거리며 타격 자세를 잡았다. 구현진 역시 투구판에 발을 올렸다.

초구는 몸 쪽 낮게 들어가는 포심 패스트볼이었다. 2구 역시 낮게 떨어지는 볼이었다.

2볼인 상황에서 아드리안 벨트는 3구 바깥쪽으로 들어오는 빠른 공과 4구 체인지업에 헛스윙하였다.

이로써 2스트라이크 2볼이 되었다.

5구는 몸 쪽으로 휘어져 들어가는 슬라이더였다. 레인저스의 4번 타자 아드리안 벨트는 오늘 처음 보는 구현진의 슬라이더에 헛스윙하고 말았다. 그는 피식 웃으며 고개를 절레절레 흔들었다.

다음은 5번 타자 누네 오도어였다.

초구 몸 쪽으로 깊숙이 들어오는 볼이었다. 2구째 역시 몸 쪽에 걸치는 스트라이크. 둘 다 빠른 볼이었다.

포심 패스트볼에 자신감이 가득한 구현진은 계속해서 포심 패스트볼을 던졌다. 지금까지 에릭 말도나도가 원하는 곳으로 정확하게 공을 던졌다.

3구는 바깥쪽에 가라앉은 체인지업에 누네 오도어의 방망이가 헛돌면서 볼 카운트는 1볼 2스트라이크.

-95마일의 빠른 공과 84마일의 체인지업 그리고 75마일의 커브까지. 딱 봐도 구속 차이가 현저하게 나지 않습니까?

-구의 저 브레이킹 볼이 없었다면 95마일짜리 빠른 볼이 살 시 못했을 것입니다.

-맞습니다.

4구째. 낮은 공에 누네 오도어가 허리를 돌리다 멈칫했다.

구현진은 방망이가 돌았다고 생각했다.

"돌았어! 방망이가 돌았어!"

구현진이 타자를 가리키며 소리쳤다.

에릭 말도나도가 재빨리 1루심를 가리켰다. 1루심은 양손을 펼치며 돌지 않았다고 했다.

구현진은 판정이 마땅치 않았지만, 다시 자세를 잡았다. 그리고 5구째 공을 던졌다. 이번에는 홈 플레이트 앞에서 떨어지는 커브볼이었다.

누네 오도어는 이것을 잘 참아내며 풀 카운트로 몰고 갔다.

3-2 풀 카운트에서 구현진은 6구째 공을 몸 쪽으로 던졌다. 누네 오도어의 방망이가 여지없이 돌아갔다.

딱!

공은 보호대가 있는 발목을 강타하며 파울이 되었다. 누네 오도어가 살짝 인상을 찌푸렸다. 다행히 보호대에 맞아서 큰 고통은 없었다.

그리고 7구째 공을 바깥쪽으로 던졌다. 누네 오도어의 방망이가 다시 한번 돌아갔다.

딱!

누네 오도어의 방망이에 맞은 공이 우익수 방면으로 날아갔다.

구현진의 고개가 홱 돌아갔다. 하지만 공은 날아가다가 힘이 다했는지 우익수가 있는 자리로 뚝 떨어졌다.

우익수 캐릭 칼훈은 몇 걸음 움직이지 않고 공을 잡아냈다. 구현진은 4회 초 역시 삼자범퇴로 막아냈다.

구현진의 4회 초까지 투구 수 52개. 삼진은 9개를 잡아내고 있었다.

4회 말 에인절스의 공격은 2번 타자 매니 트라웃부터 시작되었다. 여전히 공격적으로 나선 매니 트라웃은 2구째를 건드려 1루수 라인 드라이브 아웃으로 물러났다.

3번 타자 알버트 푸욜은 삼구삼진, 4번 타자 캐릭 칼훈은 2구만에 2루수 땅볼 아웃으로 물러났다.

에인절스의 허무한 타격에 관중들은 야유를 보내고 있었다.

"우우우우우!"

"야, 공격이 너무 빠르잖아!"

"고작 공 6개 던지게 하고 끝이냐?"

“투수가 쉴 수 있는 시간은 벌어줘야 할 것 아니야!”

중계진 역시 안타까워하고 있었다.

-에인절스 타자들 너무 성급한 공격을 하고 있어요.

-그렇습니다. 루키가 이렇게 잘 던져주고 있는데 말이죠.

-이러면 안 됩니다. 반성해야 합니다.

구현진이 모자와 글러브를 챙겨 자리에서 일어났다. 그때 에릭 말도나도가 다가왔다.

“어때?”

“뭐가요?”

“공수 교대가 빨리 되어서 제대로 쉬지도 못했잖아.”

“괜찮아요. 오히려 더 집중할 수 있어서 좋은데요.”

“그래? 그럼 다행이고. 계속해서 공격적으로 리드해도 되지?”

“네.”

구현진이 피식 웃으며 마운드로 걸어갔다. 에릭 말도나도는 메이저리그 첫 등판인데도 배짱 있는 구현진의 모습에 감탄하고 있었다.

“역시 내가 투자 하나는 잘했어!”

에릭 말도나도는 흐뭇한 얼굴로 자기 자리로 돌아갔다.

5회 초 레인저스의 공격은 6번 타자 마크 나폴리부터 시작되었다.

구현진은 초구, 바깥쪽 스트라이크를 잡은 후 2구는 체인지업으로 헛스윙을 유도했다.

2스트라이크에 몰린 상황에서 마크 나폴리는 방망이를 꽉 쥐었다. 그리고 3구째. 낮은 공을 걸러냈다.

이어서 쳐낸 4구가 백네트 뒤쪽으로 가며 파울, 볼 카운트가 유지되었다.

마크 나폴리는 침착하게 바깥쪽으로 빠지는 5구째 공을 지켜봤고, 6구째를 건드려 1루 라인을 벗어나는 파울을 만들어냈다.

마크 나폴리는 이전 타석과 달리, 2스트라이크에 몰린 상황에서도 침착하게 공을 걷어내며 끈질기게 물고 늘어졌다. 7구마저 파울로 걷어냈고 8구째. 마침내 바깥쪽 낮은 코스로 찔러 들어오는 공을 놓치며 스탠딩 삼진으로 물러났다.

조마조마하게 지켜보던 에인절스의 팬들이 안도의 한숨을 내쉬었다.

7번 조나단 갈로가 타석에 들어섰다. 조나단 갈로는 어떻게든 살아나가려고 타석에 바짝 붙었다. 그것을 본 에릭 말도나도가 초구를 몸 쪽으로 요구했다.

구현진은 망설임 없이 초구를 몸 쪽으로 붙였다.

그런데 조나단 갈로가 갑자기 번트 자세를 취했다. 그는 공이 예상 밖의 코스로 날아들자 급히 방망이를 거두었다.

구현진이 재빨리 손가락을 가리키며 방망이를 댄 것이 아니냐고 항의를 했다.

"방망이가 나왔어! 저거 나온 거 아니야?"

구현진이 한국말로 소리쳤다. 에릭 말도나도 역시 주심과 1루심을 향해 말했다.

"번트 댄 상황이 아닙니까?"

하지만 1루심도 세이프를 선언했다. 그렇게 초구는 볼이 되었다.

2구 역시 몸 쪽 낮게 들어가는 볼이 되었다.

2볼 노 스트라이크인 상황에서 구현진이 3구째를 한가운데로 던졌다. 조나단 갈로가 놓치지 않고 방망이를 돌렸다.

딱!

그런데 공의 밑동을 치며 백네트로 날아가는 파울이 되었다.

4구째 공은 몸 쪽으로 파고드는 공이었다. 조나단 갈로로서는 그저 멍하니 지켜볼 수밖에 없는 그런 공이었다.

"스트라이크!"

주심의 손이 올라가고 볼 카운트는 2스트라이크 2볼이 되었다.

그리고 바깥쪽에 99마일(≒159㎞/h)짜리 포심 패스트볼이 들어가며 스탠딩 삼진이 되었다.

조나단 갈로의 방망이가 전혀 반응하지 못했다.

"스트라이크! 타자 아웃!"

조나단 갈로는 방망이를 늘어뜨린 채 가만히 지켜보다가 더그아웃으로 들어갔다.

구현진은 오늘 또다시 자신이 가지고 있는 최고 구속을 갱신했다.

[99mile/h(≒159.3km/h)]

그것도 완벽하게 제구된 공이었다.

에릭 말도나도는 자신이 원하는 곳으로 공이 들어오자 정수리까지 짜릿함이 밀려드는 것을 느꼈다. 손이 지잉거렸지만 이런 저림은 기분 좋은 것이었다.

'이놈 진짜 물건인데?'

에릭 말도나도는 여태까지 수많은 메이저리그 투수의 공을 받아봤다. 그런데 이렇듯 완벽한 제구와 구속을 자랑하는 공은 처음이었다.

구현진은 마운드를 내려가 로진백을 툭툭 건드렸다. 다시 투구판을 밟자 8번 타자 카를로스 고메즈가 타석에 들어서 있었다.

구현진은 사인을 기다렸다.

에릭 말도나도는 몸 쪽으로 바짝 앉으며 미트만 들었다. 구현진이 고개를 끄덕인 후 호흡을 골랐다. 그리고 천천히 키킹을 한 후 미트를 향해 힘껏 던졌다.

후잇!

공이 미트를 향해 정확히 날아갔다. 카를로스 고메즈가 힘껏 방망이를 돌렸다.

팟!

둔탁한 소리와 함께 방망이가 부러졌고, 공은 힘없이 3루 방향으로 굴러갔다.

3루수 파누 에스코바가 달려와 공을 낚아챈 후 1루에 던져 아웃을 만들었다.

이렇게 5회 초 공격은 깔끔하게 막아냈다.

5회 말 에인절스 공격은 5번 안드레이 시몬스였다. 그러나 그는 3구 만에 1루수 땅볼 아웃으로 물러났다.

6번 루이스 발부에나는 초구 번트를 댔으나 1루 파울라인을 벗어났고, 바깥쪽 공을 건드린 2구 역시 파울이 되었다.

이후 마음을 가라앉힌 루이스 발부에나가 3구와 4구를 걸러내며 볼 카운트는 2스트라이크 2볼이 되었다.

하지만 몸 쪽으로 휘어져 들어오는 슬라이더에 헛스윙. 삼진으로 물러났다.

그리고 7번 벤 루에비어가 초구를 잡아당겨 우익수 방면으로 굴러가는 2루타를 때려내며 득점권에 들어섰다.

하지만 8번 타자 에릭 말도나도가 타격한 4구가 3루수 앞 땅볼이 되면서 아웃. 에인절스의 5회 말 공격도 끝이 났다.

6회 초 구현진이 모자와 글러브를 챙겨 일어났다. 그 모습을 지켜보던 마이크 오노 감독이 투수코치에게 물었다.

"지금 구의 투구 수가 얼마나 되지?"

그러자 투수코치가 확인한 후 말했다.

"현재까지 66개를 던졌습니다."

"음, 아직은 괜찮군."

"네, 하지만 5회까지 던지게 할 생각이었지 않습니까."

"그랬지. 하지만 이렇게 잘 던져줄 줄도 몰랐지."

마이크 오노 감독이 솔직하게 말했다. 구현진은 이제 갓 트리플 A에서 올라온 루키였다. 5회까지 3점으로만 막아도 성공이라고 생각했다. 그런데 5회까지 무실점으로 막아낼 줄은 생각지도 못했다.

게다가 1회만 빼고 5회까지 거의 퍼펙트 피칭을 선보이고 있었다. 여기서 내리고 싶진 않았다.

"좀 더 지켜보자고! 하지만 언제든지 교체할 수 있게 불펜 대기는 시켜놔."

"네, 알겠습니다."

6회 초 마운드에 오른 구현진은 9번 타자 브라운 니콜라스를 상대했다. 초구로 바깥쪽 높게 빠지는 볼을 던졌다.

구현진은 에릭 말도나도에게 손을 들어 양해를 구했다. 손에서 공이 빠졌던 모양이었다.

다시 마음을 다잡고 던진 2구는 바깥쪽에 정확하게 꽂혀 스트라이크가 되었다.

3구는 낮게 들어가는 볼. 브라운 니콜라스가 공을 지켜보며 2볼 1스트라이크가 되었다.

구현진은 4구째 스트라이크를 던지기 위해 바깥쪽으로 볼을 던졌다. 브라운 니콜라스의 방망이가 힘껏 돌아갔지만 1루측 관중석으로 사라지는 파울이 되었다.

2스트라이크 2볼인 상황에서 구현진은 5구째 공을 던질 채비를 했다. 그리고 던진 97mile/h(≒156㎞/h)의 빠른 공이 바깥쪽 낮은 코스로 완벽하게 제구되어 들어갔다.

"스트라이크! 타자 아웃!"

브라운 니콜라스는 또다시 스탠딩 삼진 아웃으로 물러났다. 공이 확실하게 들어왔기에 이의를 제기할 수도 없었다. 타순이 다시 한 바퀴 돌아 1번 타자 추신우을 맞이했다.

추신우는 타석에 들어서며 흐뭇한 얼굴로 구현진을 바라보았다. 비록 팀은 다르지만 빼어난 투구를 선보이는 후배가 자랑스러웠다.

'오랜만에 제대로 된 후배가 나타났군. 하지만 귀여운 후배

라고 봐줄 수야 없지.'

추신우가 방망이를 강하게 움켜쥐었다. 그리고 초구 바깥쪽으로 날아오는 공을 힘껏 잡아당겼다.

딱!

하지만 1루 라인을 벗어나는 파울이 되었다. 그리고 2구째 공은 높게 들어가는 볼. 3구째는 바깥쪽에 걸치는 슬로우 커브가 들어왔다.

"스트라이크!"

1볼 2스트라이크, 추신우에게 불리한 볼 카운트가 되었다.

구현진은 유리한 볼 카운트를 활용하기 위해 다시 바깥쪽 높은 공으로 헛스윙을 유도했지만 추신우는 속지 않았다.

그리고 5구째. 추신우는 바깥쪽으로 떨어지는 체인지업을 때려 3루 땅볼로 아웃되어 물러났다.

추신우는 더그아웃으로 들어가며 구현진에게 말했다.

"현진아, 공 좋다!"

"가, 감사합니다. 선배님!"

"그래도 살살해 주라."

"아, 네에……."

추신우의 엄살 섞인 농담에 구현진은 피식 웃음을 지었다.

2아웃 주자 없는 상황. 타석에는 2번 타자 엠버 앤드류스가 들어섰다. 엠버 앤드류스는 초구 몸 쪽 높은 공을 때려 파울을 만들었다. 2구째는 바깥쪽으로 벗어난 볼.

3구째 역시 바깥쪽에 걸치는 포심 패스트볼을 던졌다. 엠버 앤드류스가 툭 하고 밀었지만 1루수 정면으로 가는 땅볼 타구가 되었다.

구현진은 재빨리 1루 베이스 커버를 위해 뛰어갔다. 1루수 루이스 발부에나가 뛰어들어 오는 구현진을 향해 가볍게 토스를 해주었다. 글러브로 공을 받은 구현진이 1루 베이스를 밟으며 쓰리아웃을 만들었다.

구현진이 6회 초도 삼자범퇴로 무실점 투구를 마치고 더그아웃으로 들어갔다.

그러나 에인절스 역시 6회 말 9, 1, 2번으로 이어지는 상위 타선이 섞인 공격이 허무하게 끝나며 0 대 0의 스코어가 계속 이어졌다.

6회 말이 끝나고 브레이크 타임이 걸렸다.

잠시 그라운드를 정리하는 시간이 주어졌다.

마이크 오노 감독이 자리에서 일어나 구현진에게 향했다.

"구! 한 이닝 더 던질 수 있겠나?"

"가능합니다."

"그래? 원래는 5이닝만 맡길 생각이었는데 말이야. 어쨌든 7회도 부탁하네."

"네, 감독님."

마이크 오노 감독은 구현진이 혹시라도 힘들다고 하면 투수를 교체할 생각이었다. 그러나 구현진은 여전히 자신만만한 얼굴이었다. 그러자 마이크 오노 감독은 7회에도 구현진이 던지는 모습이 보고 싶었다.

그라운드 정비가 끝나고 구현진은 글러브를 챙겨 일어났다. 그리고 당당히 마운드를 향해 걸었다.

투수코치가 걱정스러운 얼굴로 물었다.

"괜찮을까요?"

"글쎄! 장담은 못 하겠어. 하지만 계속 지켜보고 싶지 않은가?"

"그건 그렇습니다."

"어쨌든 이번 이닝까지야. 여기까지만 맡기자고."

"네, 감독님."

6회까지 0 대 0의 팽팽한 투수전이 벌어지고 있었다.

구현진은 루키로서 충분히 압박감을 느낄 수 있는 상황에서도 전혀 주눅 들지 않고 완벽한 피칭을 이어나가고 있었다.

마이크 오노 감독은 그런 구현진의 배짱이 참 마음에 들었다. 그리고 벌써 다음 시즌이 기대되고 있었다.

7회 초 선두타자는 3번 라마 마지라였다. 초구 바깥쪽 낮은 코스를 그냥 지켜보며 스트라이크.

"첫."

라마 마지라는 잠시 타석을 벗어났다.

구현진의 빠른 공은 구위가 상당했다. 게다가 빠른 공을 노리면 브레이킹 볼이 들어왔다. 오늘 처음 호흡을 맞췄을 텐데도 구현진-에릭 말도나도 배터리의 볼 배합은 생각 이상으로 까다로웠다.

하지만 그렇다고 해도 빠른 공의 비율이 월등하다는 건 달라지지 않았다.

'어쩔 수 없어. 빠른 공을 노릴 수밖에.'

라마 마지라가 다시 타석에 들어섰다. 그런데 2구가 바깥쪽에 떨어지는 슬로우 커브였다.

빠른 공에 타이밍을 맞췄던 라마 마지라는 예상치 못한 슬로우 커브에 방망이를 헛돌리고 말았다.

곧바로 2스트라이크로 볼 카운트가 라마 마지라에게 불리하게 몰렸다.

3구째. 라마 마지라는 바깥쪽으로 들어오는 공을 밀어쳤으나 타구가 1루측 관중석으로 들어가며 파울이 되었다. 이어진 4구는 홈 플레이트 앞에서 떨어지는 체인지업.

라마 마지라는 간신히 참아낸 후 호흡을 골랐다.

그리고 5구 역시 높은 공 파울을 만들었다. 6구는 몸 쪽으로 들어오는 공을 잡아당겨 파울.

이어진 7구째. 바깥쪽으로 가라앉는 체인지업에 라마 마지라는 헛스윙 삼진으로 물러나고 말았다.

라마 마지라가 고개를 치켜들며 안타까워했다.

"젠장!"

방망이를 손으로 움켜쥐며 더그아웃으로 걸어갔다. 그리고 레인저스 4번 타자 아드리안 벨트가 나섰다.

대기석에 있었던 아드리안 벨트는 구현진의 빠른 공 타이밍을 재고 있었다. 그는 타석에 들어서기 전 방망이로 스파이크를 툭툭 쳤다. 타석에 들어서곤 천천히 방망이를 돌리며 구현진을 노려보았다.

지금까지 배짱 있게 던지던 구현진도 아드리안 벨트의 눈빛에 순간 움찔했다.

지금까지 에릭 말도나도의 말대로 그의 미트에만 집중하고 있었다. 상대 타자들이 저렇듯 무섭게 자신을 노려보고 있을 거라고는 생각하지 못했다.

'아주 잡아먹을 기세네.'

구현진이 마운드를 내려가 로진백을 들어 톡톡거렸다. 그러곤 다시 마운드에 올라 호흡을 골랐다.

'집중하자, 집중!'

구현진은 잠시 흐뜨러졌던 정신을 바로 잡았다.

구현진이 준비된 것 같자 에릭 말도나도가 초구로 낮은 코스의 슬로우 커브를 요구했다.

가볍게 고개를 끄덕인 구현진이 자세를 잡고 미트를 향해 공을 힘껏 던졌다.

그런데 낮게 날아가야 할 공이 살짝 높게 날아갔다.

그때를 같이해 아드리안 벨트가 배트를 힘껏 잡아 돌렸다. 마치 커브를 기다리기라도 했던 것처럼 말이다.

딱!

공은 크게 포물선을 그리며 우측 담장 쪽으로 날아갔다. 구현진이 화들짝 놀라며 공을 바라보았다.

타구가 쭉쭉 날아가더니 우익수 파울 폴대를 살짝 벗어나는 대형 파울 홈런이 되었다.

"오오오오오!"

관중들이 탄성을 내질렀다. 구현진 역시 한숨을 내쉬며 가슴을 쓸어내렸다.

하지만 아드리안 벨트의 강력한 한방에 구현진의 멘탈이 조금 어긋났다. 솔직히 다음 공을 던지기가 겁이 났다.

그때 아드리안 벨트와 눈이 마주쳤다. 아드리안 벨트의 매서운 눈빛에 구현진이 잔뜩 움츠러들었다.

"젠장, 노리고 있었나?"

그렇지 않고는 타이밍을 뺏는 초구 슬로우 커브를 저렇게까지 멀리 날리지는 못했을 것이다.

포수 에릭 말도나도도 가슴이 철렁했다.

'역시 괜히 레인저스의 4번 타자가 아니야. 2구째는 빠른 공

으로 가야겠어!'

에릭 말도나도가 바깥쪽에 걸치는 포심 패스트볼을 요구했다.

구현진이 가볍게 고개를 끄덕인 후 자세를 취했다. 그런데 자꾸만 아드리안 벨트의 강렬한 눈빛에 신경이 갔다.

지금도 매서운 눈빛으로 구현진을 노려보고 있었다.

'신경 쓰이네.'

구현진은 신경 쓰지 않으려고 해도 자꾸만 그 눈빛이 떠올랐다.

애써 고개를 가로저으며 잊으려 했다. 그러다가 공을 던졌는데 자신도 모르게 공이 살짝 중앙으로 몰렸다.

'앗! 실투다!'

구현진이 7회까지 던진 공 중에 처음으로 심각한 실투가 나왔다.

그리고 메이저리그의 4번 타자라면 절대 실투를 놓치는 법이 없었다.

딱!

아드리안 벨트의 방망이가 호쾌하게 돌아갔다. 그리고 공은 크게 포물선을 그리며 쭉쭉 날아갔다. 구현진은 맞는 순간 홈런임을 직감했다.

구현진은 저절로 고개가 푹 숙어졌다.

"제기랄!"

비거리 142m짜리 좌중월 대형 홈런이었다.

7회 초 선두타자를 잡을 때까지 괜찮았다. 그런데 한순간 집중력이 흐트러지면서 홈런을 맞아버렸다. 아니, 단 하나의 실투도 놓치지 않은 아드리안 벨트의 타격에 박수를 보내주고 싶었다.

아드리안 벨트가 천천히 홈으로 들어와 동료들과 하이 파이브를 나눴다.

드디어 0 대 0의 균형이 7회 초에 들어와서 무너졌다.

구현진은 마운드를 툭툭 차며 애써 침착해지려고 했다.

그때 마이크 오노 감독이 일어나 마운드로 향했다. 곧바로 통역사가 뒤따랐다.

구현진은 교체가 될 거로 생각했다.

'그래, 교체되어도 어쩔 수 없지.'

그렇게 마음을 비우고 있는데 마이크 오노 감독이 물었다.

"어때? 한 방 맞은 기분이?"

"정신이 번쩍 드는데요?"

"그래? 지금은?"

"괜찮습니다."

"알았어."

마이크 오노 감독은 간단한 대화를 하고는 마운드를 내려갔다.

구현진은 갑자기 궁금증이 생겨 물었다.

"교체…… 아닙니까?"

"7회까지 맡긴다고 했잖아. 그럼 7회까지 책임져야지!"

구현진의 표정이 환해졌다.

"네! 알겠습니다."

"그래!"

마이크 오노 감독이 다시 돌아가고 에릭 말도나도가 구현진에게 공을 건네며 말했다.

"괜찮아. 홈런 안 맞는 투수는 없어. 게다가 다른 사람도 아니고 아드리안 벨트였다고. 놈에게 홈런 안 맞은 메이저리그 투수는 없을걸? 신경 쓰지 마."

"네."

"좋아. 두 명 깔끔하게 잡아내고 마무리 짓자."

에릭 말도나도가 자리로 돌아가고 구현진은 크게 심호흡을 했다. 어차피 실투로 홈런이 된 것은 어쩔 수 없는 거였다.

"그래, 감독님이 7회를 맡겼으니. 정리하고 내려가자!"

구현진이 다시 집중했다. 그리고 5번 누네 오도어를 5구만에 3루수 땅볼 아웃을 만들어 2아웃. 6번 마크 나폴리를 4구만에 2루수 땅볼 아웃으로 잡아내며 1실점으로 7회까지 마운드를 책임졌다.

16장
숨 고르기(1)

1.

구현진은 마운드를 내려가며 관중들의 뜨거운 박수를 받았다.

관중들도 구현진이 여기까지라는 것을 알았다. 구현진은 모자를 벗어 관중들에게 화답했다.

더그아웃으로 돌아온 구현진은 마이크 오노 감독의 말을 들었다.

"수고했다."

"네."

다른 코치들도 다가와 축하를 해주었다.

"잘했어."

"데뷔전부터 한 건 했구만!"

"굿잡!"

구현진은 일일이 웃으며 답해주었다. 그리고 트레이닝실로 가기 위해 걸음을 옮겼다.

그때 매니 트라웃이 구현진을 앞에 섰다.

"헤이, 기죽지 마! 널 절대 패전투수로 만들지 않을 테니까."

매니 트라웃이 주먹으로 구현진의 가슴을 툭 친 후 자리로 갔다. 구현진이 고개를 끄덕였다.

"네. 믿고 있습니다."

그렇게 구현진은 트레이닝실로 가서 어깨 얼음찜질을 받았다. 다시 더그아웃으로 돌아왔을 때는 9회 초가 되어 있었다.

이때까지 스코어는 1 대 0 그대로였다.

그리고 불펜 투수가 9회 초를 막고 에인절스의 마지막 9회 말 공격이 시작되었다.

선두타자는 2번 매니 트라웃부터였다. 매니 트라웃이 헬멧과 방망이를 집어 들었다. 그러고는 얼음찜질하는 구현진 앞으로 가서 피식 웃었다.

"이번엔 기대해도 좋아!"

매니 트라웃이 그 말을 남기고 타석에 들어섰다. 레인저스는 마무리 투수를 올려 1점을 지키려 했다.

매니 트라웃이 초구 스트라이크를 지켜보았다. 고개를 가볍게 끄덕이더니 다시 타석에 들어섰다. 그 후로 연속으로 볼 세 개가 들어왔다.

그런데 그때부터 기적이 벌어졌다. 1스트라이크 3볼인 상황에서 스트라이크를 잡기 위해 들어온 공을 매니 트라웃이 힘껏 잡아당겼다. 공이 높이 치솟으며 비거리 120m 우월 홈런을 만들었다.

매니 트라웃이 주먹을 쥐며 높이 들었다. 홈 플레이트를 밟고 더그아웃으로 들어온 매니 트라웃은 동료들의 뜨거운 환호를 받았다.

"진짜야? 이게 실화냐고?"

구현진은 이미 반은 포기 상태였다. 그런데 매니 트라웃이 자기가 한 말을 지켜냈다.

매니 트라웃의 한 방으로 9회 말 극적으로 동점을 만들어졌다.

그것도 잠시. 또다시 경쾌한 타격음이 들렸다.

딱!

모두의 시선이 공을 쫓아갔다. 1루 베이스를 돌던 알버트 푸욜이 손을 들어 올렸다.

비거리 105m 좌월 홈런이 나온 것이다.

백투백 홈런으로 에인절스가 2 대 1 극적인 승리를 거두게 되었다.

더그아웃에 있던 선수들이 일제히 그라운드로 뛰어나갔다. 구현진 역시 소리를 지르며 그라운드로 뛰쳐나갔다. 이런 감동은 여태껏 겪어보지 못한 것이었다.

선수들이 굿바이 홈런을 친 알버트 푸욜의 상의를 찢었다. 서로에게 물을 뿌리며 자축했다. 그때 매니 트라웃이 구현진에게 다가왔다.

매니 트라웃은 씨익 웃으며 구현진과 포옹했다. 그렇게 구현진은 첫 메이저리그 등판에서 7이닝 투구 수 94개 1실점 13탈삼진을 기록했다.

비록 승리는 챙기지 못했지만, 구라는 이름을 에인절스 팬들의 기억 속에 깊게 각인시켰다. 또한, 선수들의 기억 속에도 말이다.

2.

구현진은 올해 첫 번째이자 마지막 메이저리그 경기를 마치고 짐을 싸고 있을 때, 그의 곁으로 매니 트라웃을 비롯해 선수들이 다가왔다.

"오늘 정말 멋졌다!"

"그래, 내년에 널 꼭 기다리고 있을게."

"꼭 올라와라! 루키!"

"함께하자!"

구현진은 선수들이 자신을 인정해 주자 저도 모르게 울컥했다.

"네! 알겠어요. 내년에 꼭 올라오겠습니다."

구현진은 선수들에게 인사를 하고 서둘러 가방을 챙겨 클럽 하우스를 나갔다. 오늘 밤 비행기로 솔트레이크에 가야 하기 때문이었다.

같은 시각.

"왜 이렇게 안 오지?"

인터뷰실에는 벌써 기자들이 빼곡하게 들어차 있었다. 오늘 첫 선발 등판한 구현진의 취재 때문이었다.

잠시 후 마이크 오너 감독과 매니 트라웃이 인터뷰장에 들어섰다. 기자들의 카메라 플래시가 번쩍 하고 터졌다.

그런데 정작 오늘의 주인공인 구현진이 나타나지 않았다.

"어? 구현진 선수는?"

"왜 안 오지? 조금 늦나?"

"뭐야? 벌써 스타 행세하는 거야, 뭐야?"

"인터뷰를 거부하는 건가?"

인터뷰실이 웅성거렸다. 오늘의 히어로인 구현진이 나타나지 않아 기자들이 적잖이 당황하고 있었다. 그때 마이크 오노 감독이 마이크를 잡았다.

"잠시 주목해 주십시오."

마이크 오노 감독의 말에 기자들이 조용해졌다.

"죄송합니다. 모두 구현진 선수의 인터뷰를 기대했을 텐데요. 죄송하게도 인터뷰를 못 할 상황이 되었습니다."

"네에? 인터뷰를 못 할 상황요? 그 이유가 무엇입니까?"

"혹시 아직도 울고 있는 것입니까?"

기자들의 쏟아지는 질문에 마이크 오노 감독이 손을 들어 진정시켰다.

"한 사람씩 질문해 주십시오."

그러자 한 기자가 손을 들었다.

"말씀하시죠."

"왜 구현진 선수가 인터뷰를 못 할 상황입니까?"

"구현진 선수는…… 지금 마이너리그에 내려갔습니다. 방금 솔트레이크 비행기에 탑승했을 것입니다."

"네에? 그, 그게 무슨 말씀입니까? 자세한 설명을 부탁드리겠습니다."

"구현진 선수는 아직 자신이 많이 부족하다고 생각했습니다. 그래서 좀 더 강해져서 돌아오겠다고 했습니다. 아마 올해 안에는 다시 볼 수 없을 것이고, 내년에는 생각해 볼 수 있을 겁니다."

"뭐라고요?"

"세상에……. 더 강해지겠다고?"

"뭐, 그런 꼴통이 다 있지?"

"오늘 이렇게 잘 던졌는데, 이것 가지고도 부족하다는 거야?"

기자들이 하나같이 헛웃음을 흘렸다. 그렇게 구현진의 짧고 강렬했던 메이저리그 선발 등판이 끝이 났다.

3.

마이너리그의 시즌은 메이저리그보다 빨리 끝난다. 에인절스 산하 트리플 A 비즈 구단은 리그 2위로 시즌을 마무리했다.

몇몇 선수는 마이너리그가 끝나자마자 고향으로 돌아가든지, 휴가를 떠났다.

하지만 대부분의 선수는 구장에 남아 훈련을 하고 있었다.

시즌이 끝났기 때문에 모든 훈련은 자율 훈련이었다. 구현진 역시 구장에 남아 가벼운 훈련을 하고 있었다.

그리고 그들 모두 에인절스의 포스트 시즌 진출에 귀를 기울이고 있었다.

"진출할 수 있을까?"

훈련하는 선수 중 누군가 중얼거렸다.

"아직은 모르지."

"맞아, 좀 더 지켜봐야지."

선수들이 모이면 하는 대부분의 얘기가 바로 에인절스의 포스트 시즌에 관한 것이었다.

구현진 역시 한국으로 돌아가지 않고, 에인절스의 소식에 귀를 기울이고 있었다.

에인절스는 막바지 총력전을 펼치고 있었다.

와일드카드 순위 2위하고는 1게임 반 차, 3위를 지키고 있었다.

이 자리만 유지해도 충분히 와일드카드에 진출할 수 있었다. 그런데 선수들의 집중력이 떨어지면서 마지막에 연패를 시작했다.

2연패, 3연패, 4연패…….

점점 와일드카드 순위권에서 멀어졌다. 이는 갑자기 선발진들이 5회를 버티지 못하고 무너졌기 때문이었다. 간혹 5회를 넘겨 리드를 안겨줘도 불펜진이나 마무리가 불을 지르기 일쑤였다.

에인절스는 총체적 난국이었다.

결국, 충격의 5연패에 빠지자 각종 언론으로부터 질타를 받기 시작했다.

[에인절스 충격의 5연패!]

[와일드카드 순위권에서 멀어지는 에인절스!]

[또, 불을 지른 마무리, 버드 노리스.]

[모든 것이 잘 풀리지 않는 에인절스!]

이런 각종 기사가 쏟아져 나왔다. 각종 인터넷 스포츠 뉴스에도 고개를 숙인 선수들과 답답한 표정을 한 마이크 오노 감독의 얼굴이 대문짝만하게 실렸다.

그 기사 밑에는 팬들로부터 질타의 댓글이 달리기 시작했다.

ㄴ이게 뭐야? 지금 장난함?

ㄴ오우, 노우! 지금 내가 보는 것이 거짓이라고 말해줘. 이건 정말 악몽이야!

ㄴ선발, 불펜, 마무리까지 어디 하나 불을 안 지르는 곳이 없구나!

ㄴ그나마 타자들이 살아 있어 다행이지만 자꾸 이런 식이면 타자들마저 힘이 빠질 듯!

ㄴ지금 선발진이 붕괴했는데 바꿔야 하지 않나? 지금 마이너리그 시즌도 끝이 났는데 긴급 수혈을 해야지.

ㄴ맞아! 전에 딱 한 번 던진 동양인 투수 누구지?

ㄴ구현진!

└맞아! 구현진! 이럴 거면 그 선수를 왜 내려보냈지? 정말 잘 던졌는데!

└삼진 잡는 모습이 정말 사이다처럼 시원했지!

└차라리 구현진을 다시 올려라! 그에게 기회를 줘라!

에인절스를 향한 팬들의 질타는 결국 구현진의 콜업 요구로까지 이어졌다.

하지만 에인절스 단장 피터 레이놀은 '선수들은 아직 포기하지 않았다. 마지막까지 최선을 다할 것이다. 선수들을 믿어 달라!'라는 말로 팬들을 진정시키려 했다.

하지만 단장의 노력에도 불구하고 여론은 여전히 부정적이었다.

└무슨 헛소리야! 지금 5연패라고, 5연패! 단장, 지금 문제를 자각하고 있는 건가?

└선수들이 노력하고 있다는 것은 안다. 노력도 중요하지만 지금은 뭔가 미친 짓을 할 선수가 필요하다. 그 선수가 누구인지는 말하지 않아도 알 것이다.

└도대체 단장은 팬들의 말에 귀를 기울이고 있는가?

메이저리그의 유명한 칼럼을 작성하는 '로버트 에미날' 기자는 자신의 트위터에 긴 글을 올렸다.

[과연 에인절스는 포스트 시즌에 진출할 수 있을까? 현재 에인절스는 와일드카드 순위 경쟁에서 2위 텍사스와 두 게임 차로 벌어졌다. 게다가 현재 5연패를 하며 점점 포스트 시즌과 멀어졌다.

마이크 오노 감독에게 조언한다면 '이번엔 힘들어! 끝났다고! 일찌감치 포기하고 다음 시즌이나 준비해!'라고 말해주고 싶다.

대진표만 봐도 알 수 있을 것이다. 에인절스는 강팀들과 6연전이 남아 있다. 하지만 상대 팀은 하위권 팀들과 포스트 시즌이 이미 좌절된 팀과의 6연전이다. 이것만 봐도 우린 일단 불리하다고 볼 수 있다.

물론 에인절스가 전력을 다한다고 해서 이길 수 있을지는 장담할 수 없다.

현실적으로 내년 시즌을 준비하는 것이 바람직하다고 생각한다. 다음 시즌을 위해 남은 여섯 경기를 효율적으로 쓰길 바란다.

에인절스는 지금 당장에라도 구현진을 올려서 최소한 두 번의 등판 기회를 주어야 한다. 구현진과 함께 호세 브레유도 함께 올려서 내년 시즌에 대비하는 것이 좋을 것이다.

일본인 포수 혼조 역시 나쁘지 않은 선택이다. 그는 비즈에서 구현진과 벌써 수차례 경기를 치르며 그들이 우수한 배터리라는 것을 증명해 왔다.]

로버트 에미날이 남긴 장문의 글에 수많은 네티즌의 답글이 올라왔다. 대부분 맞는 말이라며 응원의 댓글을 남겼다.

그러다가 어느 기자가 피터 레이놀 단장을 만나 물었다.

"혹시 그 칼럼을 읽어보셨는지?"

"물론입니다. 읽어보았습니다."

"어떻게 생각하십니까?"

"물론 좋은 이야기입니다. 구단에 대한 애정이 느껴지는 충고였습니다. 다만 우리는 아직 두 경기 차이로 포스트 시즌 진출을 포기하지 않았습니다. 팬들을 실망하게 하지 않기 위해 최선을 다할 것이고, 그것이 우리의 자세입니다."

피터 레이놀 단장의 말처럼 에인절스는 남은 경기에서 분투하여 강팀을 상대로 선전하였다. 하나, 그들의 노력에도 불구하고 에인절스는 한 경기 차이로 포스트 시즌 진출에 실패하였다.

이에 대해 팬들의 여론은 반반이었다.

└큰소리치더니…….

└야! 그래도 단장은 열심히 했어. 그게 왜 단장 잘못이야?

└진즉에 포기하지. 희망 고문만 하고 이게 뭐냐?

└그래도 3게임 차에서 1게임 차로 따라붙은 것은 대단하다고 봐.

└난 이렇게 될 것이라고 알고 있었어. 딱 봐도 답이 나오는데.

ㄴ로테이션 관리 제대로 못 한 감독이 멍청한 거지.

ㄴ단장이고, 감독이고, 선수단이고 잘한 사람 아무도 없지.

ㄴ벌써 올해 끝이냐. 진짜 허무하네.

휴게실에서 결과를 지켜본 구현진도 아쉬워했다. 그 옆에 앉은 혼조와 호세도 마찬가지였다.

구현진이 혼조를 보았다.

"네 생각은 어때?"

"포기하고 다음 시즌을 대비했어야 했어."

그러자 호세가 펄쩍 뛰었다.

"무슨 소리야. 프로라면 최선을 다해야지."

"당연히 최선을 다해야지만, 프로라면 상황을 냉정히 볼 필요도 있지."

혼조도 지지 않고 말했다.

호세의 눈이 부릅떠졌다.

"그래서 너희 나라에선 안 될 것 같으면 다 포기하냐?"

"뭐? 다시 말해봐."

두 사람이 눈을 부라리며 자리에서 일어났다.

중간에 있던 구현진이 작게 한숨을 내쉬며 두 사람을 말렸다.

"그만해. 싸운다고 뭐가 달라져."

"싸워? 싸울 가치도 없지!"

혼조가 먼저 말을 하며 고개를 돌렸다.

"내가 할 말이네!"

호세 역시 고개를 홱 돌려 버렸다.

그런 두 사람을 보며 구현진이 나섰다.

"이미 끝난 일 가지고 우리끼리 왈가왈부해서 무슨 의미가 있겠냐. 열 좀 식혀."

구현진의 중재에도 두 사람은 등을 돌리고 있었다.

어색해진 분위기를 풀어보고자 구현진이 화제를 돌렸다.

"자자, 그건 그렇고. 이제 두 사람 뭐 할 거야?"

"뭐 할 거냐니?"

호세가 먼저 몸을 돌렸다.

혼조 역시 고개를 돌려 구현진을 보았다.

"어차피 모든 리그가 끝났잖아. 각자 계획이 있을 거 아냐."

"그럼 넌 뭐 할 생각이었는데?"

혼조가 물었다.

"나? 나야 원래는 포스트 시즌 구경 가려고 했지. 근데 뭐…… 에인절스도 떨어졌고 고향에나 가려고."

"그래?"

혼조가 가만히 고개를 끄덕였다. 구현진이 호세를 보며 물었다.

"그럼 넌?"

"나?"

호세가 씨익 웃었다.

"나도 당연히 고향에 가야지. 가족들을 보고, 친구들도 만나야지. 벌써 선물 사오라고 난리다. 비비, 선물 리스트가 쏟아지는데 어떻게 해야 할지 모르겠어."

호세가 스마트폰을 꺼내 문자를 보여주었다. 사촌에 팔촌까지 모든 친인척이 보내온 그들의 선물 목록이 적혀 있었다.

그것을 본 구현진과 혼조가 눈을 크게 떴다.

"워……. 이렇게나 많이?"

"역시 돈 많은 놈은……."

"맞아! 돈 많은 놈은 선물도 통 크게 사네."

구현진과 혼조가 또 쿵 짝이 맞으며 말을 했다. 호세가 당황한 얼굴이 되었다.

"야, 니들이랑 얼마 차이 안 난다니까!"

"아닌데! 우리는 그만큼도 못 받았는데."

"맞아, 선물 요청도 없는데."

"크으, 내가 말을 말지!"

호세는 두 사람의 말장난에 고개를 절레절레 흔들었다.

구현진과 혼조는 호세를 놀리는 재미에 웃음이 터졌다.

"어쨌든 아쉽다."

"나도."

"그러게."

한참을 웃던 세 사람이 차례로 아쉬움을 내뱉었다. 그리고 눈을 마주치더니 미소를 지었다. 모두 같은 마음이었다는 것을 알 수 있었다.

구현진이 분위기를 전환하듯 손뼉을 쳤다.

"맞아, 우리 그러지 말고 같이 훈련할까?"

"훈련을?"

"그래! 아니면 내년에 좀 더 일찍 만나서 훈련하는 건 어때?"

구현진의 물음에 혼조와 호세는 잠시 생각에 잠겼다. 그러다가 혼조가 먼저 얘기를 꺼냈다.

"그건 좀 생각해 보자. 서로 일정이 안 맞을 수 있으니까."

"그럴 수도 있네. 미안, 내가 너무 생각이 앞섰다."

"아니야. 서로 일정을 조율해서 맞춰보자."

"그래!"

세 사람이 고개를 끄덕이고 호세가 먼저 자리에서 일어났다.

"뭐, 그 문제는 나중에 메일로 알려주고, 난 이만 일어나야겠다. 지금부터 난 선물 사러 가야 해."

"알았어. 잘 가!"

"내년에 보자! 잘 쉬고!"

"그래, 다들 휴가 잘 보내! 내년에 건강한 모습으로 보자!"

호세가 손을 흔들며 먼저 나갔다. 구현진과 혼조 역시 손을 흔들며 인사했다. 호세가 먼저 사라지고 휴게실에는 두 사람만 남았다.

구현진이 혼조를 보았다.

"이제 넌 어떻게 할래?"

"글쎄다. 난 당연히 진출할 줄 알고 일정도 안 잡고 가족에게도 늦게 돌아간다고 했는데. 어떡하지."

구현진도 마찬가지였다.

"나도 마찬가지다."

구현진도 에인절스가 포스트 시즌에 진출할 거로 생각하고 일정을 준비했었다. 그런데 에인절스가 포스트시즌 진출에 실패했기 때문에 갑자기 빈 시간을 어떻게 해야 할지 몰랐다.

그냥 곧바로 집으로 갈지 아니면 이곳에 남아 다른 일정을 소화할지 생각해 봐야 했다.

그런데 혼조가 갑자기 구현진을 보며 제안했다.

"특별한 일 없으면 그냥 우리 집에 갈래?"

혼조의 제안에 구현진이 눈을 크게 떴다.

"너희 집?"

"언젠가 네 얘기를 가족들에게 했거든. 할머니가 같이 와보라고 했어."

"날?"

"그래."

"불편해하지 않으실까?"

구현진이 조심스럽게 말했다. 그러자 혼조가 두 손을 흔들었다.

"불편하긴 무슨. 사실 여동생도 나랑 친하다고 하니까 보고 싶어 하더라."

"엥? 날? 네 여동생이?"

혼조가 가볍게 고개를 끄덕였다. 그러자 구현진이 다소 의외라는 듯 물었다.

"그런데 너…… 여동생도 있어?"

"그럼 없을 것 같았냐?"

"아, 아니. 그건 아니지만…… 예쁘냐?"

구현진이 슬쩍 미소를 지으며 물었다.

혼조의 눈이 커졌다.

"뭐, 뭐야? 지금 너 내 동생 넘보냐?"

"무, 무슨 소리야. 뭘 넘봐!"

"그런데 내 여동생이 예쁜 게 왜 궁금해?"

"그, 그냥 물어보는 거지."

"야, 꿈도 꾸지 마!"

"야, 안 꿔! 내가 왜 너 여동생을……."

구현진은 괜히 민망해했다.

"어쨌든 여동생이 있다고 했지. 너에게 소개해 준다고는 안 했어."

"알아, 인마! 강조하지 않아도……."

구현진은 작게 '치사한 새끼! 누가 소개해 달랬나.' 그렇게 중얼거리며 고개를 돌렸다.

"뭐라고 하는 거야?"

"그냥 더럽고 치사한 자식이라고 했다! 왜?"

"그래서 뭐? 오기 싫다고? 지금 표 예약할 건데 너는 뺀다."

혼조가 노트북을 켰다. 곧바로 공항을 검색해 표를 예약하고 있었다.

그 모습을 힐끔 보던 구현진이 슬쩍 옆으로 다가가 말했다.

"한 자리 더 예약해. 돈은 이따가 줄게."

"진짜 갈 거야?"

"그럼 뭐? 같이 가달라고 한 것은 아니었어?"

"그, 그렇지. 그런데 아까 너……."

"아까 뭐? 내가 뭐라고 했는데?"

"아, 아니야. 알았어. 두 자리 예약할게."

혼조가 곧바로 예약을 시작했다.

그때 박동희가 들어왔다.

"현진아."

"형 왔어요?"

"그래, 이제 한국 돌아가야지. 언제 갈래?"

박동희 역시 에인절스가 포스트 진출에 실패한 것을 알고 서둘러 한국으로 돌아가려고 했다.

"저기 형!"

"왜?"

"저, 혼조 집에 초대받았어요."

"뭐? 혼조 선수 집에?"

"네, 그래서 먼저 일본에 들렀다가 갔으면 하는데……."

박동희가 혼조를 보았다. 혼조가 가볍게 미소를 지었다.

"네, 제가 초대를 했어요."

"그렇군요……."

박동희가 잠깐 생각에 잠겼다. 그 모습을 보던 구현진이 조심스럽게 물었다.

"안 될까요?"

"안 될 건 없지만, 일본어 할 줄 알아?"

"당연히 못 하죠. 하지만 저 녀석이 있잖아요."

"아버님이 기다리고 있을 텐데?"

"알아요. 어차피 가봤자 휴가 내내 아버지랑 있어야 하잖아요. 잠깐 못 본다고 서운해하실까요?"

"그건 아니지만……."

박동희가 다시 고민하더니 고개를 끄덕였다.

"알았어. 1년 고생했으니까 뭐, 휴가 간다고 생각해. 그보다 오래 있지는 않을 거지?"

"그럼요. 훈련 일정에도 맞춰야 하니까요. 금방 올 거예요. 길어 봐야 일주일이죠."

"그 정도면 내가 어떻게 해보겠다. 알았어, 편안하게 쉬다가 와라."

"고마워요."

"고맙긴!"

박동희가 피식 웃었다.

그리고 그 다음 날.

LA 공항에서 박동희와 헤어졌다. 박동희는 한국행 비행기를, 혼조와 구현진은 일본행 비행기를 탔다.

구현진은 부푼 마음을 안고 일본에 도착했다. 도쿄 공항에 내린 구현진은 공항 게이트를 빠져나오며 주위를 두리번거렸다.

"와, 여기가 일본이야? 도쿄 시내는 어디야? 좋네."

구현진이 신난 아이처럼 눈동자를 굴리며 좋아했다. 그러자 혼조가 피식 웃었다.

"훗, 일본은 처음이냐?"

"그, 그렇지……."

물론 처음은 아니었다. 회귀하기 전 프로선수 때 오키나와로 전지 훈련을 떠난 적이 있었다.

하지만 그때는 전지 훈련장 외에는 가보지 못했고 더욱이 오키나와와 도쿄는 전혀 다른 곳이었다.

"일단 나 따라와."

"너희 집은 어디야? 도쿄 시내야?"

"따라와 보면 알아."

구현진은 아무 의심 없이 혼조를 따라 이동했다. 혼조는 공항 버스를 타고 도쿄 시내로 향했다. 구현진은 버스 창가를 통해 도쿄 시내를 눈으로 마음껏 구경했다.

"우와! 우와!"

구현진은 신기해하며 눈을 반짝였다. 그렇게 얼마 가지 않아 혼조가 짐을 챙겼다.

"어? 이제 내리는 거야?"

"그래."

구현진 역시 짐을 챙겨 내렸다. 버스 짐칸에서 캐리어를 뺀 후 구현진이 물었다.

"집이 어디야?"

"좀 더 가야 해."

"그래? 얼마나 더?"

"조금만 더 가면 돼."

하지만 구현진은 그 '조금만'이 버스를 갈아타고 3시간을 더 가야 하는 건지는 그때까지는 몰랐다.

마침 버스 한 대가 왔다. 혼조가 그 버스를 보며 말했다.

"야, 저거 타야 돼."

"그, 그래……."

그렇게 버스를 갈아타고 또다시 이동을 시작했다.

한 시간, 두 시간 도심 밖으로 향하던 버스는 어느덧 시골길로 들어섰다.

구현진의 표정이 점점 굳어졌다.

그렇게 약 3시간을 달린 후 목적지에 도착했다.

구현진은 버스에서 내린 후 주위를 두리번거렸다. 도쿄 공항에 내린 후 약 4시간 만의 일이었다.

"여기가 어디야? 도쿄 도심에서 엄청 벗어난 곳인데?"

"후후."

혼조는 그저 웃기만 할 뿐이었다. 그리고 어느새 앞서서 걸어갔다.

"야, 같이 가!"

구현진이 캐리어를 끌고 부랴부랴 혼조의 뒤를 따라갔다. 다시 30여 분을 걸었을 때 앞에서 소녀가 뛰어왔다.

혼조는 그 소녀를 발견하고 소리쳤다.

"아카네!"

"혼조 오빠!"

환한 얼굴로 다가온 아카네는 곧바로 혼조를 보며 환한 미소와 함께 포옹했다.

"오빠! 왜 이렇게 늦게 왔어?"

"미안, 미안. 잘 지냈어?"

혼조도 동생 아카네를 반갑게 안았다.

구현진은 뒤에서 아카네를 보며 눈을 반짝였다. 예상했던 것보다 혼조의 여동생이 너무 예뻤다. 게다가 귀엽기까지 했다.

아카네가 힐끔 구현진을 보았다.

"이분은 누구?"

그러자 혼조가 구현진을 소개했다.

"아, 전에 오빠가 말했지. 구현진이라고?"

"아…… 현진 오빠!"

아카네가 표정이 밝아지며 곧바로 인사했다.

"안녕하세요."

약간 어눌하지만 정확한 한국어였다. 여동생 역시 한국어를 할 줄 알았다.

"아, 네. 안녕하세요."

구현진도 얼굴을 약간 붉히며 인사했다.

"저희 오빠가 신세를 많이 지고 있다면서요?"

“시, 신세는 무슨요. 오히려 제가 신세를 지고 있어요.”

“아, 그래요? 아무튼, 반가워요. 보고 싶었거든요.”

“저를요?”

구현진의 시선이 혼조에게 향했다. 혼조가 서둘러 아카네에게 시선을 돌렸다.

“할머니는 잘 계시지?”

“당연히 잘 계시지. 오빠 온다고 해서 맛있는 거 많이 만들어 놓았어.”

“그래? 어서 집에 가자.”

“알았어.”

세 사람이 나란히 걸었다. 아카네는 혼조 옆에 바짝 붙어서 걸어갔다.

잠시 걷던 구현진이 조심스럽게 물었다.

“여동생도 한국어를 할 줄 아네.”

“내가 전에 말했잖아. 재일교포라고. 어머니가 알려줬어.”

“어머니가 한국분이셨구나.”

“그렇지.”

“그럼 어머니도 뵐 수 있는 거야?”

“어머니는…… 돌아가셨어. 지금은 할머니와 여동생 이렇게 셋이 살아.”

“아…… 미안.”

"아니야, 괜찮아. 오래되어서 별로 슬프지도 않아."

그런데 함께 걷던 여동생이 울먹였다.

"흐흑……."

"아카네……."

혼조가 나직이 여동생의 이름을 불렀다. 그러자 아카네가 눈물을 훔쳤다.

"미안. 난 오빠처럼 생각할 수 없나 봐."

"괜찮아. 이해해, 아카네"

할머니가 있다곤 해도 외롭게 지낸 아카네와 그녀를 달래는 혼조를 보니 구현진은 괜한 말을 꺼낸 것이 미안했다. 그러다가 문득 아카네를 달랠 방법이 떠올랐다.

"아! 잠깐만……."

구현진이 걸음을 멈추고 등에 메고 있던 가방을 열었다.

혼조와 아카네는 눈을 끔뻑이며 구현진의 행동을 지켜보았다.

구현진이 가방에서 꺼낸 것은 머리띠였다.

사실 구현진 손에 들린 머리띠를 한국에 있는 여자 친구에게 줄 생각이었다. 빈손으로 가기에는 좀 그래서 미국에서 한 세 개 정도 샀다. 그중에서 예쁜 걸 골라 아카네에게 내밀었다.

"자, 이건 선물이에요."

"저 주는 거예요?"

“맘에 드는지 모르겠네요.”

“맘에 들어요. 평생 소중히 간직할게요.”

아카네는 머리띠를 두 손으로 소중히 감싼 후 자신의 가슴에 품었다. 그리고 살며시 두 눈을 감으며 정말 소중히 다뤘다. 그 모습을 본 구현진은 심장이 쿵 내려앉는 듯했다.

‘뭐, 뭐지?’

구현진은 한참 동안 아카네를 바라보았다. 조용히 눈을 감은 모습과 소중히 머리띠를 감싼 모습을 보며 알 수 없는 감정이 솟았다.

그 뒤 세 사람은 그동안 나누지 못했던 시시콜콜한 이야기를 나누며 걸었다.

그렇게 얼마 지나지 않아 마침내 혼조의 집에 도착했다. 한 할머니가 혼조를 보자 반가운 미소를 지으며 세 사람을 반겼다.

“어서 와요. 먼 곳에서 오느라 고생했어요.”

할머니는 정말 무안할 정도로 구현진을 깍듯하게 대해주었다.

구현진은 오히려 그런 모습에 부담을 느꼈다.

어색한 웃음과 함께 곧바로 식탁으로 향했다. 그곳에는 일본 가정식이 아주 정갈하게 차려져 있었다.

“많이 먹어요.”

할머니의 말에 구현진이 환한 미소로 답했다.

"잘 먹겠습니다."

한입 맛을 본 구현진은 허겁지겁 배를 채우기 시작했다. 일본식 가정식이 입에 잘 맞기도 하였고, 오랜만에 온 손자를 맞이하기 위해 정성스레 준비한 할머니의 정성이 가득 느껴졌다.

그렇게 원 없이 점심을 먹은 구현진은 마루에 앉았다.

"아, 배부르다."

구현진도 배를 툭툭 치며 오랜만에 집밥을 먹은 것에 매우 만족감을 드러냈다.

마침 할머니를 도와 뒷정리를 마친 혼조 역시 마루로 나왔다.

"잘 먹었어?"

"어, 할머님 솜씨 대단하시더라."

구현진이 엄지손가락까지 올리며 칭찬했다.

혼조가 피식 웃으며 자리에서 일어났다.

"밥도 잘 먹었고, 배도 부른데 우리 몸 풀러 갈래?"

"지금?"

"그래."

"어디로?"

"있어, 요 근처에."

"알았어."

구현진도 자리에서 일어났다. 그리고 곧바로 장비를 챙겨 혼조 뒤를 따라나섰다. 혼조가 간 곳은 집에서 10분 거리에 있는 인근 학교였다.

"어? 학교?"

구현진은 학교를 보며 곧바로 혼조를 바라보았다.

"여기가 네 모교야?"

"그래!"

혼조가 흐뭇한 표정으로 학교 안으로 들어갔다. 운동장에는 혼조의 후배들이 야구 연습을 하고 있었다.

"가자!"

"어딜?"

혼조가 운동장 안으로 들어갔다. 그 뒤를 구현진도 덩달아 뛰어갔다. 혼조가 후배들과 몇 마디 나누더니 금세 그들과 어울렸다.

토스도 해주고, 후배들에게 이런저런 조언도 해주었다.

구현진은 배팅 볼 투수까지 자처하며 후배들의 연습을 도와주었다.

그렇게 약 2시간가량 같이 어울려 야구 연습을 했다. 그리고 스탠드로 와서 휴식을 취했다. 한국과 별반 다르지 않은 야구 연습을 보며 구현진이 조심스럽게 물었다.

"너, 이곳에서 야구를 했구나."

"그렇지."

혼조는 옛 생각에 잠기는 듯 운동장을 하염없이 바라보았다.

그러다 문득 입을 열었다.

"현진아, 내가 얼마나 힘들게 거기까지 올라갔는지 넌 모를 거다."

혼조는 재일교포라는 이유로 받아야 했던 서러움과 차별대우에 힘들었던 기억을 떠올렸다. 그리고 학교를 중퇴하고, 미국으로 건너갈 수밖에 없었던 것도 함께 떠올랐다.

그에게 무슨 일이 있었는지는 알 수 없었다. 그러나 혼조의 그 아련한 눈빛과 목소리에 메이저리그를 향한 그의 간절함만은 느낄 수 있었다.

"그래. 네가 무슨 일을 겪었는지는 몰라. 하지만 그렇다고 어떤 각오와 마음으로 노력했을지 모르는 건 아니야. 너뿐만이 아니라 나 역시 메이저리그에 오르고 싶으니까."

두 사람은 서로 마주 보며 눈을 마주쳤다.

구현진 역시 혼조만큼은 아니지만 아픔을 가지고 있었다. 물론 회귀 전의 일이었지만 그때 당시 받았던 설움이 있기에 혼조를 이해할 수 있었다.

"날 이해한다고?"

"그래! 어느 정도는……."

"훗. 그래?"

혼조가 살짝 미소를 지으며 다시 운동장에 시선을 두었다.

그렇게 잠깐의 시간이 흐른 후 혼조가 조심스럽게 입을 열었다.

"난 말이야……."

혼조가 갑자기 자기가 지금까지 살아왔던 인생 이야기를 하기 시작했다.

뜬금없었다. 하지만 오랜만에 찾은 고향 그리고 가족을 만나고 감상에 젖은 혼조는 읊조리듯 말을 이어갔다.

구현진은 묵묵히 그 말을 들어주었다.

"내가 야구를 하게 된 계기는 어릴 적 아버지와의 추억 때문이었어. 부모님을 잃은 당시의 내가 의지할 수 있었던 게 야구였어. 아니, 할 수 있는 거라고는 아버지가 가르쳐 준 야구뿐이었지."

혼조의 이야기는 이러했다.

시골에 살던 소년은 작은 학교에서 야구를 시작했다. 물론 열악한 환경이었지만 야구를 할 수 있다는 것에 감사하며 그곳의 대표 선수로 성장했다.

같은 지역에서 중학교에 올라가고, 고등학생이 되었다.

환경은 열악했다. 소년의 실력은 그 누구도 부정할 수 없었으나, 부족한 지원과 선수 부족으로 그가 속한 야구부의 성적은 좋을 결과를 낼 수 없었다.

그러자 스카우터들의 눈에서 점점 벗어났다. 결국, 혼조는 일본에서는 야구를 할 수 없을 것 같았다. 그래서 선택한 것이

바로 미국행이었다.

혼조는 야구에 자신이 있었다. 자신의 실력이라면 충분히 미국에서 성공할 수 있을 것이라 여겼다. 그렇게 1년 동안 꾸준히 노력한 끝에 트리플 A까지 올라갈 수 있었다.

이제는 당연히 메이저리그에 올라갈 수 있을 거로 생각했다.

하지만 메이저리그의 벽은 매우 높았다. 지난 1년 동안 메이저리그는커녕 트리플 A에서도 살아남기 위해 발버둥을 쳐야 했다.

혼조는 그렇게 자신의 한계에 부딪히고, 더 이상 버티기 힘들어 하마터면 일본으로 돌아갈 생각을 했다.

그러던 중 구현진을 만났다.

"너를 만나 배터리를 이루면서 뭔가 얻게 되었어. 그 옛날 동료들과 즐겁게 야구를 했던 기억. 그때의 기분을 되찾은 것 같았어."

혼조가 말을 하면서 지긋이 구현진을 바라보았다.

"고마웠다!"

그 말을 들은 구현진이 피식 웃었다.

"나도 너랑 야구를 같이해서 좋았어."

구현진의 말에 혼조가 웃었다.

해가 어느덧 서쪽 하늘로 사라지고 있었다. 서쪽 하늘 가득

붉은 노을이 붉게 물들고 있었다.

혼조 자리에서 일어났다.

"이제 갈까?"

"그래!"

구현진 역시 자리에서 일어나 혼조와 함께 집으로 향했다. 길게 늘어선 그림자를 앞에 두고 두 사람이 말없이 걸어갔다.

그러다 혼조가 침묵을 깼다.

"우리 내년에는 어떻게 될까?"

"다음 시즌? 당연히 잘해야지."

"알고는 있지만……."

"왜 그리 걱정이 많아. 시범경기에서 잘해서 올라가면 되잖아, 메이저리그."

구현진의 자신 있는 말에 혼조는 씁쓸한 얼굴로 말했다.

"너는 가능성이 있지만 난 솔직히 힘들지 않을까? 현재 주전 포수의 입지도 확실하고. 솔직히 내가 아직 타격 쪽으로는 힘들잖아. 게다가 동양인 포수의 리드를 따르는 투수 따위 없다고."

"그렇지만 넌 영어도 잘하잖아."

"그거야 마지못해 준비한 거고, 솔직히 내가 미국인 포수처럼 영어를 잘하는 것도 아니잖아."

"자신감을 가져! 넌 항상 그게 문제야. 해보지도 않고 벌써 포기하면 어떻게 해?"

"……."

"네 블로킹이라면 메이저리그 어떤 포수에게도 안 꿀리잖아. 또 내 공을 이렇게 안정적으로 받아주는 포수는 네가 처음이었어. 그래, 타격이 부족하면 뭐 어때. 네 수비는 메이저에서도 반드시 먹혀."

구현진의 얘기를 듣고 혼조가 고개를 끄덕였다.

"……킥. 너무 띄어주는 거 아니냐."

"이게 사람이 기껏 칭찬해 줘도 이러네?"

"하하하하!"

구현진이 발끈하자 혼조가 크게 웃었다.

구현진은 잔뜩 인상을 쓰고 시원하게 웃는 혼조를 보았다. 잠시 후, 숨을 고른 혼자가 고개를 끄덕였다.

"그런 말이라도 해주니 힘이 나네."

혼조가 씩 웃었다.

"그래, 인마. 너라면 할 수 있다니까. 포수가 원래 부상이 많잖아. 풀타임 뛰기는 힘드니까 그 기회만 잘 잡으면 돼. 백업 포수로 올라갔을 때 보여주자고. 네가 어떤 선수인지. 알아줄 거야. 감독님도, 팬들도."

"그래. 네 말이 맞네. 설마 그런 기회 한 번 안 오겠어?"

"그래! 올 거야. 반드시 와."

각오를 다진 두 사람은 어느덧 집에 도착했다.

문을 열자 아카네가 반갑게 맞이했다.

"오랜만에 학교 가니 어땠어?"

아카네의 질문은 끊이지가 않았다. 그때마다 혼조는 짜증은커녕 그 어느 때보다도 환한 얼굴로 질문에 답해주었다.

그런 두 사람을 보며 구현진은 절로 미소가 지어졌다.

"나도 저런 동생 하나 있으면 좋겠네."

혼조의 여동생인 아카네가 정말 귀여웠다. 저런 동생 하나쯤 있어도 괜찮겠다는 생각이 들었다.

"가만! 아버지랑 김 여사님이랑 그동안 진전이 있었나? 나이 때문에 여동생은 힘드려나? 아니야, 요즘 늦둥이 많다고 하던데."

구현진이 혼잣말을 중얼거리며 히죽 웃었다.

그때 혼조가 옆으로 다가오며 물었다.

"뭘 그리 웃고 있어?"

"어? 아, 아니야. 하핫, 하하하!"

구현진의 어색한 웃음을 보며 혼조가 눈을 가늘게 떴다.

"야, 너 설마……."

"설마 뭐?"

"아카네를……."

"아카네? 야야! 장난해? 지금 무슨 소릴 하는 거야?"

구현진이 펄쩍 뛰었다.

하지만 혼조의 의심은 사라지지 않았다.

"정말이지? 아무런 감정 없지?"

"없어! 없다고!"

"진짜 그 말 믿는다."

"나 참! 너 동생 시집은 어떻게 보낼래?"

"안 보내!"

"안 보내? 진짜?"

"그래! 내가 데리고 살 거야!"

"야, 너 완전히 동생 인생을 네 멋대로 하는구나."

"동생도 나와 같은 생각일걸?"

"훗, 과연 그럴까? 누가 알아? 너 없는 동안 남친 생겼을지."

혼조가 눈을 번쩍 떴다. 그리고 갑자기 고개를 돌리며 아카네를 불렀다.

"아카네! 아카네!"

구현진은 동생 바보 혼조를 보며 고개를 절레절레 흔들었다. 그러면서 자기는 동생이 생기면 저러지 말아야지 하고 생각했다. 물론 여동생이 생겼을 때 얘기지만…….

그렇게 일주일이라는 시간이 훌쩍 지나갔다.

구현진은 혼조, 아카네 그리고 할머니와 함께 여행도 가고,

일본 료칸이라는 곳에서 온천도 즐겼다. 다다미방에서 자보기도 하며 확실하게 일본 문화 체험을 해보았다. 그러다 보니 시간이 언제 어떻게 지나갔는지 몰랐다.

"벌써 일주일이 지나갔네."

구현진이 달력을 보며 중얼거렸다. 편안한 날들도 지나 한국으로 갈 날이 되었다.

구현진은 아쉬운 얼굴로 캐리어에 그동안 옷과 짐들을 차곡차곡 샀다. 오후 비행기이기에 공항으로 가려면 오전부터 서둘러야 했다.

"다 쌌어?"

혼조가 구현진이 머문 방에 올라왔다.

"준비 끝!"

캐리어를 잠그고 일어났다.

그리고 커다란 캐리어를 들고 문 앞으로 나갔다. 문 앞에는 할머니와 아카네가 있었다.

구현진은 할머니에게 인사했다.

"할머니 일주일 동안 감사했습니다. 몸 건강히 계세요."

할머니 역시 환한 미소로 고개를 끄덕였다.

"우리 혼조를 잘 부탁해요."

할머니가 구현진의 손을 살포시 잡았다. 할머니의 손에서 따스함이 느껴졌다.

"네, 할머니!"

구현진이 아카네를 바라보았다.

아카니 역시 환한 미소로 인사를 했다.

"조심해서 가세요."

"그래, 잘 지내고."

"네, 오빠. 다음에 꼭 다시 봐요."

"알았어."

구현진은 인사를 마치고 밖으로 나갔다. 그런데 그곳에 많이 보던 캐리어 하나가 있었다.

"어?"

구현진이 그 캐리어를 확인했다. 마침 혼조가 밖으로 나왔다.

"야, 혼조! 이 캐리어 네 것 아냐?"

"맞아!"

"네 캐리어가 왜 나와 있어?"

"왜긴. 나도 당연히 한국 가야지."

"뭐?"

구현진이 눈을 크게 떴다. 어제까지, 아니, 오늘 아침까지 한국에 가겠다는 말도 없었다.

"갑자기 왜 한국에 가겠다는 거야?"

"너도 일본에 왔으니 당연히 나도 한국에 가야지."

혼조가 당당하게 말했다. 그런 혼조의 말에 구현진은 어이없는 웃음을 지었다.

"무슨 그런 억지가 있어? 놀러 가겠다는 거야?"

"그런 것도 있고……."

혼조가 잠시 말을 끊으며 어색한 미소를 지었다.

"사실 어머니의 나라에 가보고 싶었어."

혼조의 말에 구현진은 말없이 고개를 끄덕였다. 그런 이유라면 막을 수 없었다.

"가자!"

그렇게 구현진은 혼조와 함께 한국으로 향했다.

4.

한국에 도착한 구현진은 혼조를 데리고 자신의 모교로 향했다.

"여기가 내가 나온 학교. 고교야구도 여기에서 했어. 운동장도 넓고 괜찮지 않냐?"

혼조가 학교와 운동장을 둘러보았다.

"약간 다르긴 한데, 있는 건 비슷비슷하네."

"하긴, 뭐. 하는 거야 거기서 거기니까."

그때 저 멀리서 장만호가 구현진을 부르며 뛰어왔다.

"현진아!"

구현진 역시 고개를 돌려 장만호를 확인했다. 손을 흔들어 주며 장만호를 반갑게 맞이했다.

"새끼야, 얼마 만이고!"

장만호는 뛰어오자마자 구현진을 안으며 반가움을 표현했다.

"잘 지냈냐?"

"딱 보면 잘 지냈지. 넌 미국물 좀 묵었다고……. 와, 까무잡잡하네. 어이 된 기고?"

"거기가 생각보다 더워! 그리고 햇볕도 따갑고."

"고생했나 보네."

"당연하지! 눈물 젖은 빵을 먹으며 얼마나 고생했는데."

구현진이 우는 척 엄살을 부렸다. 장만호가 구현진의 등을 토닥였다.

"그래, 네 고생한 거 잘 안다. 그건 그렇고……."

장만호의 시선이 뒤쪽에 있는 혼조에게 향했다. 혼조 역시 장만호와 눈이 마주쳤다. 그 순간 두 사람 사이에 스파크가 파파팟 하고 생겨났다.

장만호는 자신도 모르게 경계의 눈빛을 띠며 물었다.

"쟈는 누꼬?"

“아, 맞다. 소개를 안 했구나. 내가 전에 말했지. 마이너리그에서 내 공을 받아주는 녀석!”

“아, 그 시건방지다는 일본인 자식?”

순간 혼조의 얼굴이 굳어졌다. 그 모습을 장만호가 보며 고개를 갸웃했다.

“어랏? 저 표정은 뭐꼬? 알아듣는 것 같은…….”

장만호의 중얼거림에 구현진이 피식 웃었다.

“내가 말 안 했나? 애, 재일교포야.”

“재일교포?”

“어머니가 한국 분이셔.”

“가만? 그럼 한국말을…….”

장만호가 말끝을 흐리며 구현진을 바라보았다. 구현진이 환하게 웃으며 고개를 끄덕였다.

그러자 장만호가 당황하며 얼굴을 일그러뜨렸다.

“야, X팔! 그 얘기를 왜 이제 해!”

장만호는 구현진에게 버럭 소리를 소리치며 혼조와 제대로 눈도 마주치지 못했다.

“완전 쪽팔리게…….”

장만호의 중얼거림을 들은 구현진이 어깨를 두드렸다.

“야, 괜찮아! 저 녀석 얼마나 쿨한데.”

그때 혼조가 앞으로 나섰다.

"전혀."

혼조의 입에서 한국어가 튀어나오자 장만호의 눈이 더욱 커졌다. 혼조는 장만호를 날카롭게 째려보았다. 장만호는 그 눈빛을 애써 피했다.

그런 두 사람을 보며 구현진이 한마디 했다.

"너희 둘은 국적만 달랐지. 어떻게 하는 짓이 똑같냐!"

그 한마디에 혼조와 장만호가 동시에 구현진을 노려보며 소리쳤다.

"뭐? 내가 저 녀석이랑 똑같다고!"

"뭐? 내가 저 녀석이랑 똑같다고!"

그러곤 혼조와 장만호가 무섭게 서로를 노려보았다. 그런 두 사람을 보며 구현진은 한심하다는 듯 고개를 절레절레 흔들었다.

"고등학생도 아니고 둘 다 애다, 애. 처음 만나서 애처럼 왜 그래?"

구현진은 어쨌든 두 사람을 소개하고 학교를 둘러보았다. 그리고 운동장 마운드에 올라 있을 때 장만호가 말했다.

"현진아, 오랜만에 공 한번 던져볼래?"

"공?"

"그래, 인마. 오랜만에 한번 맞춰보자."

"그거야 그렇지. 그런데 장비는?"

"나야 뭐, 항상 챙겨 다니지."

장만호가 벤치 쪽을 가리켰다. 그곳에 장비가 든 가방이 놓여 있었다.

"새끼, 준비성 하고는…. 그런데 이래도 괜찮은 거야?"

"뭐가?"

"구단에서 뭐라고 안 할까?"

"뭐 어때? 술 마시고 노는 것도 아니고 메이저리거하고 호흡 맞춰보는 건데."

"그렇다면 다행이고."

"시답잖은 소리 말고 단디 던져라. 간만에 니 공 한번 받아보겠네. 1년 동안 미국에서 뭘 배워왔는지 한번 보자!"

"엄청 세졌지! 너 내 공 잡으면 깜짝 놀랄걸?"

"아무튼, 잘난 척은! 됐고, 니 공 받아보믄 알겠제."

장만호가 서둘러 벤치로 가서 장비를 착용했다. 원래 미트만 들고 오려고 했지만 그래도 공을 제대로 받아보고 싶어서 모든 장비를 들고 온 것이었다.

구현진도 마운드에서 흙을 골랐다. 거의 1년 만에 선 모교 마운드였다. 낯설지도 않고, 그냥 감회가 새로웠다.

팟팟!

구현진이 마운드를 고르고 있는 사이 혼조는 장만호 쪽으로 향했다. 옆으로 멀찍이 떨어진 혼조가 팔짱을 낀 채 대기했다. 장비를 다 착용한 장만호가 미트를 팡팡 때렸다.

"자, 우선 가볍게 하나 던져봐!"

장만호는 오랜만에 구현진의 공을 받을 생각에 가슴이 두근두근했다.

'미국 가서 얼마나 늘었는지 한번 보여봐라.'

"만호야! 간다!"

"던져!"

구현진이 가벼운 키킹 동작을 취하며 공을 던졌다.

퍼엉!

찌릿!

구현진이 가볍게 던진 공이 장만호의 미트에 정확하게 들어갔다. 그 순간 손바닥을 통해 짜릿한 기운이 장만호의 머릿속에 느껴졌다.

'그래, 이 느낌이었어.'

장만호가 공을 던져주며 씨익 웃었다. 오랜만에 느껴본 구현진의 공에 장만호는 기분이 좋아졌다.

"인마! 미국서 힘 다 빼고 왔냐? 힘 좀 써봐!"

그러면서도 말로는 구현진을 자극했다.

구현진도 피식 웃고는 10개 정도 더 던졌다. 포심뿐만이 아니라 구현진이 구사할 수 있는 구종 전부를 가볍게 던져보았다.

장만호는 하나도 빠짐없이 가볍게 캐치했다.

혼조는 그런 장만호의 캐치 모습을 지켜보았다. 그러면서 약간 의외라는 반응을 보였다.

"제법이네. 포구의 기본은 되어 있어."

혼조가 장만호의 볼 캐치 능력을 높게 사고 있을 때 구현진은 열 번째 공을 던졌다.

퍼엉!

"나이스! 좋아! 바로 이 공이거든!"

장만호는 소리치며 자리에서 일어났다. 그러면서 힐끔 혼조를 의식했다. 아니, 구현진이 공을 던질 때마다 혼조를 힐끔거렸다.

그리고 더 오버하며 소리쳤다.

"이야, 구현진! 살아 있네!"

장만호가 마스크를 벗고는 구현진에게 다가갔다.

"어때, 오랜만에 내 공을 받아본 느낌이?"

"말해서 뭐 해! 최고지! 공 끝의 날카로움이 더 강해졌는데?"

장만호가 엄지손가락을 올리며 말했다.

"그건 그렇고, 현진아 솔직하게 말해야 한다이?"

"뭘?"

장만호가 힐끔 혼조를 바라보고는 조심스럽게 물었다.

"넌 나와 저 녀석, 둘 다 상대해 봤을 거 아냐."

"그렇지."
"그럼 나와 저 녀석 중에 누가 더 공을 잘 잡아?"
장만호의 뜬금없는 질문에 구현진은 어이없는 표정을 지었다.
"뭘 그런 말도 안 되는 걸 물어봐! 됐어!"
하지만 장만호는 물러설 생각이 없었다.
"야, 피하지 말고! 쟤야? 나야?"
"알고 싶어?"
"그래!"
"너 삐치기 없기다."
장만호가 진지한 눈빛으로 고개를 끄덕였다. 그 모습을 본 구현진이 피식 웃었다.
"뭘 그렇게 진지해!"
"난 진지해! 그러니 빨리 말해줘!"
"알았어. 당연히 너지!"
구현진이 웃으며 답해주었다. 그런데 장만호는 그 말이 맘에 들지 않았다.
"너 거짓말이지?"
"무슨 소리야?"
"거짓말한 것 같은데."
"아니거든!"

"뭐가 아니야. 방금 내 눈 피했거든."

"안 피했거든!"

구현진 역시 물러서지 않았다. 장만호가 그런 구현진을 보며 눈을 가늘게 떴다.

"내가 니랑 함께한 지가 얼마인데. 니가 거짓말하는 것을 몰라보겠나!"

장만호의 말에 구현진은 그저 싱글벙글 웃고 있었다.

"니 솔직히 말해봐라! 지금 내 앞이라고 내 선택한 거제? 맞제? 만약에 점마가 물어봤다면 당연히 점마 찍었겠제!"

"그야 당연하지!"

구현진의 쿨한 대답에 장만호는 뒷머리를 잡았다.

"와, 치사한 새끼! 미국 잠깐 다녀왔다고 어떻게 친구를 버리노? 우리 자이언츠에서 같이 만나자는 약속을 벌써 잊었나?"

"자이언츠? 안 잊었는데?"

"그런데 왜 쟈고? 내가 아니고?"

"야, 애도 아니고……. 무슨 그런 말도 안 되는……."

구현진이 인상을 쓰며 말했다.

하지만 장만호는 왠지 혼조에게 구현진을 뺏긴 느낌이 들었다.

"나 봐라! 우리 함께하기로 했잖아."

"그래, 함께할 거야! 언젠가! 그런데 너 말은 바로 하자. 너 지금 다이노스 선수잖아. 자이언츠에서 뛰려면 몇 년 남았는지 알아?"

"그래도 같이 자이언츠에서 뛰면 좋잖아!"

"나도 당연히 좋지! 그런데 아직은 아니잖아."

"쳇! 나쁜 새끼……. 미국 가더니 사람이 달라졌네, 사람이."

장만호가 눈을 흘기며 힐끔 혼조를 보았다.

"가만! 아무래도 저 녀석의 실력을 봐야겠어."

"혼조?"

구현진의 시선도 혼조에게 향했다.

"야, 휴가차 놀러 온 친구한테 뭘 시키려는 거야. 그냥 가만있어."

"아니야. 한번 보고 싶어. 마이너리그 포수가 얼마나 잘 잡아내는지."

혼조 역시 어떻게 알았는지 자리에서 일어나 다가왔다. 그리고 장만호를 보며 말했다.

"야, 장비 좀 빌리자!"

"장비?"

"어."

"내 말 들었냐?"

"그래. 듣자 하니 너도 프로인가 본데, 트리플 A의 수준을 보여주지."

"그래, 그렇게 나와야지."

장만호가 씩 웃었다.

"구현진하고 배터리였던 것 같은데, 지금 나와 구현진의 수준을 보여줄게."

"좋아, 기대하지."

장만호는 기다렸다는 듯이 장비를 벗어 주었다.

구현진이 혼조에게 말했다.

"괜찮겠어?"

"뭐가?"

"굳이 이러지 않아도 돼."

"야, 쟤 눈 좀 봐라. 저걸 보고 어떻게 가만히 있냐? 다른 것도 아니고 포수가 캐치 능력으로 승부하자고 도발하는데."

"귀도 밝다. 그 멀리서 다 듣고 있었나 보네."

"이게 다 눈치야, 인마. 내가 마이너리그에서 눈치로만 먹고 살았던 거 몰라?"

혼조가 장비를 다 착용하고, 미트를 팡팡 치며 포수 자리로 갔다. 장만호는 진지한 표정으로 혼조가 있던 자리로 이동했다.

"자! 던져봐!"

혼조가 미트를 들었다.

구현진이 가볍게 공을 던졌다.

퍼어엉!

“어랏?”

미트에 공이 박히는 소리가 달랐다.

장만호는 자신과 달리 뭔가 깊고 깔끔한 소리를 내는 혼조의 포구를 자세히 관찰했다.

‘소리가 달라! 공을 캐치하는 것도 부드럽고!’

장만호가 살짝 놀란 얼굴이 되었다.

‘잘하네. 괜히 마이너리그 포수가 아니야.’

장만호의 눈이 매섭게 떠졌다.

혼조의 프레이밍과 포구 자세 그리고 낮게 떨어지는 공의 블록까지 하나하나 확인했다.

그 속에서 뭔가 배울 점이 많아 보였다. 자신이 부족했던 점이 하나하나 보였다.

‘그래, 투수가 마음 놓고 던질 수 있게 하네. 전혀 공을 놓칠 것 같지 않아.’

장만호가 고개를 끄덕였다.

하지만 혼조 역시 장만호를 통해 배운 것이 있었다. 그건 바로 투수와 소통하는 법이었다.

혼조는 구현진의 공을 잡으며 이렇다 할 말을 하지 않았다. 그냥 투수의 공만 잘 잡아주면 된다고 생각했다.

하지만 장만호는 끊임없이 구현진에게 말을 걸었다. ‘잘했어, 좋아! 그렇지. 그렇게만 던져!' 이런 식으로 투수에게 힘을 주는 격려를 아끼지 않았다.

"공 죽이네! 손가락 빠지겠다! 공이 더 날카로워졌네!"

덩달아 구현진도 신나서 공을 던지는 것 같았다. 그럴 때마다 혼조의 시선이 구현진에게 꽂혔다.

'저 녀석, 나랑 그렇게 호흡을 맞췄는데……. 그때는 저렇듯 기뻐하면서 던지지 않았지.'

혼조는 왠지 모를 질투가 느껴졌다.

반면 장만호는 혼조의 캐치 능력에 놀라고 있었다.

'역시 미국물이 다르긴 다르네.'

그렇게 두 사람은 서로에게서 자신과 다른 점을 찾아내고 있었다.

하지만 두 사람이 느끼는 공통점이 하나 있었다. 그건 바로 서로를 인정하고 있다는 점이었다.

5.

세 사람은 삼겹살집으로 가서 밥을 먹었다.

불판 위에서 지글지글 구워지는 삼겹살을 보며 장만호는 침을 꿀꺽 삼켰다. 혼조 역시 불판에 구워지는 삼겹살을 보며 눈을 크게 떴다.

"혼조, 삼겹살 먹어본 적 있냐?"

"당연히 있지."

"그래? 어디서? 일본에서?"

혼조가 고개를 끄덕였다. 그러자 장만호가 소리쳤다.

"그럼 안 먹어본 거네. 일본에서 먹는 거랑 본고장에서 먹는 건 차원이 다르지. 자, 이거 함 묵어봐라!"

장만호가 잘 익은 삼겹살 하나를 혼조 앞 접시에 놓았다. 혼조는 곧바로 젓가락을 들어 말했다.

"잘 먹겠습니다."

혼조는 젓가락으로 삼겹살을 집어서 소스에 찍어 입으로 가져갔다. 입에서 오물오물 씹으니 삼겹살이 고소한 육즙이 입 안 가득 퍼졌다.

"으음! 최고다! 정말 고소하네."

"그치! 그치! 일본에서 먹는 거랑 차원이 다르지?"

장만호는 고조된 음성으로 말했다. 혼조 역시 고개를 끄덕였다.

"그러게, 여기서 먹는 삼겹살이 훨씬 맛있네."

"당연하지! 자, 이것도 먹어!"

장만호가 의외로 혼조를 살뜰히 챙겨주었다. 그 모습을 보던 구현진이 자리에서 일어났다.

"와?"

장만호가 일어난 구현진을 보며 물었다.

"아, 화장실!"

"오야, 댕겨온나!"

"갔다 온나!"

혼조가 장만호의 사투리까지 어색하게 따라 하는 것으로 보아 두 사람이 제법 친해진 것 같았다.

구현진이 화장실로 가고 자리에는 장만호와 혼조 두 사람만 남았다. 장만호가 삼겹살을 뒤집으며 조심스럽게 말했다.

"니 좀 하데."

"너도 제법이던데?"

"맞나?"

장만호가 피식 웃으며 다시 말했다.

"니, 술 좀 하나?"

"술?"

"그래! 소주는 마실 줄 아나?"

"소주? 왜? 내가 못할 것 같아?"

혼조가 강하게 나가자 장만호가 피식 웃었다.

"그럼 소주 한잔할래?"

"까짓거, 하자!"

장만호가 손을 들고 이모를 불렀다.

"이모! 여기 소주 한 병 하고요. 소주잔 두 개만요."

그러자 이모가 다가오며 물었다.

"그럼 술은 뭐로 할래?"

"부산 하면 고거 아닙니까?"

"오야, 알았데이."

이모가 가고 잠시 후 소주 한 병과 술잔 두 개를 가져왔다.

장만호가 술잔을 나눠준 후 다시 물었다.

"괜찮제?"

"괜찮지, 그럼!"

장만호가 뚜껑을 딴 후 술을 따랐다. 그리고 호기롭게 소주잔을 들었다. 혼조 역시 이에 질세라 소주잔을 들었다.

"어쨌든 현진이랑 배터리 짰다는 사람을 이리 보니 좋네. 반갑다."

"나도 반갑다."

둘은 술잔을 부딪친 후 그대로 원샷을 했다.

"크으으."

"으음."

두 사람 다 인상을 찡그렸다. 장만호는 서둘러 삼겹살 하나를 입에 넣은 후 술병을 들었다.

"한 잔 더 가능하제?"

"뭐?"

"왜? 못 하나?"

"무, 무슨 소리. 당연히 가능하지. 따라봐라!"

혼조가 소주잔을 내밀었다. 장만호가 피식 웃으며 술을 따랐다. 그렇게 두 번째 잔을 입에 털어 넣었다.

장만호와 혼조가 술을 마시고 있는 사이 구현진은 볼일을 마치고 화장실에서 나왔다.

그때 마침 구현진의 스마트폰이 울렸다.

"네, 여보세요!"

-나다, 현진아.

"어? 현진이 형!"

-그래! 잘 지냈어?

"당연히 잘 지냈죠! 형은요?"

-형은 항상 똑같지! 그보다 너 한국 왔지?

"네, 왔어요."

-지금 어디야?

"저 친구들이랑 있는데요. 맞다, 잠시만요!"

구현진은 유현진과 통화하면서 장만호와 혼조에게 소개해 주고 싶었다. 그래서 신이 나서 나갔는데…….

"뭐, 뭐야?"

구현진은 장만호와 혼조가 테이블에 머리를 박고 쓰러져 있는 모습을 발견하고 눈을 크게 떴다.

"이 녀석들이 왜 이러지?"

그리고 테이블에 놓인 술병을 확인했다. 3분의 1 정도 남아 있었다.

"아 놔, 새끼들. 술도 못 마시면서……. 야, 혼조! 만호야!"

구현진이 서둘러 깨워보았지만 두 사람 다 해롱거리며 정신을 못 차리고 있었다.

"와, 이것들 그냥 뻗어버렸네. 현진이 형, 소개해 주려고 했더니……. 운도 없는 놈들."

구현진은 황당한 얼굴로 두 사람을 바라보았다.

그러고는 스마트폰을 들어 유현진과 통화했다.

"저기 형!"

-왜? 무슨 일 있어?

"친구랑 왔는데 못 먹는 술을 먹고 완전히 뻗었네요. 형, 제가 나중에 다시 연락할게요."

-어? 어어, 그, 그래…….

"네, 죄송해요."

구현진은 전화를 끊은 후 한숨을 내쉬었다.

"하아, 내가 미쳐!"

구현진은 가만히 두 사람을 바라보고는 스마트폰으로 전화를 걸었다.

"아, 형! 난데요. 지금 여기로 와주실 수 있어요? 네, 감사해요."

그리고 또다시 스마트폰으로 누군가에게 전화를 걸었다.

"순정이가? 나다, 현진이! 인사는 나중에 하고, 너 지금 이리로 올 수 있어? 아니, 만호가……. 아니다, 일단 이리 좀 와. 그래, 이따 보자!"

구현진은 이순정에게 전화를 건 후 자리에 앉았다. 널브러진 두 사람을 보며 한숨을 내쉬었다.

"도대체 화장실에 갔다 오는 사이 무슨 일이 있었지?"

그렇게 약 40여 분이 흘렀다. 고깃집 입구로 박동희가 모습을 드러냈다.

"형, 여기!"

박동희가 구현진을 발견하고는 재빨리 그곳으로 갔다. 술에 취해 널브러진 두 사람을 보며 말했다.

"어떻게 된 거야?"

"저도 몰라요. 화장실에 갔다 온 사이에 이렇게 됐네요."

"만호는 술 좀 하지 않냐?"

"그러게요."

"혼조 씨도 뻗은 거야?"

"네, 형! 아무래도 형이 혼조를 좀 맡아줘야 할 것 같은데…….”

“알았다, 부축 좀 해봐.”

“네.”

“우선 혼조는 호텔에 데리고 갈게.”

“네, 형 부탁해요.”

박동희가 혼조를 데리고 가고, 그로부터 10분 후 이순정이 나타났다. 이순정은 쓰러진 장만호를 보고 어이없어 했다.

“야, 이게 뭐꼬?”

“아, 왔어? 오랜만…… 이다.”

이순정이 째려보자 구현진이 움찔했다.

“니, 우리 신랑 왜 술 먹였노?”

“신랑?”

구현진의 눈이 커졌다. 이순정은 순간 구현진의 눈을 피했다.

“아, 아니……. 그게 아이고. 아무튼, 무슨 술을 이래 먹였냐고.”

“내가 준 게 아니라……. 그것보다 신랑이라니? 야, 너희 설마…….”

그러자 이순정이 얼굴을 붉히며 구현진의 팔을 툭 쳤다.

“부끄럽다, 암말 마라.”

“결혼은 아니지?”

“아직은 아니다. 만호가 창원에 혼자 있으니까, 이것저것 챙겨줄 것도 많고, 어머님, 아버님도 부산에서 바쁘시고 하니까……."

이순정이 우물쭈물하며 말했다.

"아버님? 어머님? 니들 허락받았어?"

이순정이 고개를 작게 끄덕였다. 그러곤 잔뜩 부끄러워하며 말했다.

"부모님들 모시고 상견례도 했다."

"상견례까지? 이야, 그럼 일단 살림부터 차린 거야?"

"마, 그리됐다!"

구현진의 물음에 이순정은 연신 부끄러운지 몸을 배배 꼬았다.

"이야, 축하한다. 그보다 결혼은 언제 할 건데? 이번 봄?"

그러자 이순정이 인상을 팍 썼다.

"그건 이놈아, 일어나믄 물어봐라! 내 못 산다!"

이순정이 인상을 쓰며 장만호를 부축하려는데 갑자기 욱 하며 헛구역질을 했다.

"수, 순정아? 괜찮아?"

"괜찮…… 욱!"

갑작스러운 이순정의 구역질에 구현진은 고개를 갸웃했다. 그러다가 점점 얼굴이 환해졌다.

"야, 너희 뭐야? 벌써……."

구현진의 해맑은 미소를 본 이순전이 손을 휙휙 저었다.

"무, 무슨 소리 하는 기고! 절대 아니거든! 아까 밥을 마니 묵어서 글타!"

"진짜?"

"하모! 내가 어데 거짓말하는 거 봤나?"

"아니구나. 아쉽네. 일찍 조카 보는 줄 알고 잔뜩 기대했더니."

"야야! 치아라 마! 남사스럽고러 뭔 소리고. 퍼뜩 만호나 부축해라."

"그, 그래!"

"그래도 진짜 임신한 거 아니지?"

"아니라고! 니, 진짜 죽을래?"

이순정이 주먹을 불끈 쥐며 당장에라도 한 대 칠 것처럼 노려보았다. 구현진은 곧바로 꼬리를 내렸다.

"아, 알았다. 알았어. 그보다 이순정이 그대로네."

"뭔 소리고?"

"너희 하나도 안 달라졌다고!"

구현진의 말에 이순정이 피식 웃었다.

"안 달라지니까 이순정이지. 달라지면 어데 이순정이가? 안 그렇나?"

"그래, 맞다!"

구현진이 장만호를 부축해서 일으켰다. 장만호의 남은 한쪽

팔은 이순정이 잡았다.

"그런데 현진아."

"왜?"

"니 정임이한테 연락은 했나?"

"정임이? 아니, 아직……."

"와 안 했노? 니 그러는 거 아이다. 정임이 걔, 니 일 년 동안 기다렸다!"

"……."

구현진이 말이 없었다. 솔직히 이래저래 정신이 없어서 연락할 생각조차 못 하고 있었다.

"연락해 봐라."

"알았어. 어서 데리고 가."

"오야."

이순정은 장만호를 데리고 택시를 잡아 태웠다. 구현진은 곧바로 스마트폰을 꺼내 박동희와 통화했다.

"형, 혼조는요?"

-호텔에 잘 데려다줬다.

"갑자기 죄송해요. 진짜 고마워요."

-그래! 너도 어서 들어가.

스마트폰을 끊고 구현진도 곧바로 택시를 잡아탔다.

"아저씨, 화명동이요."

"네."

택시가 출발하고 구현진은 스마트폰을 꺼내 만지작거렸다. 그리고 손가락을 움직여 전화번호를 검색했다. 박정임으로 검색하니 전화번호가 나왔다.

통화 버튼이 그려진 곳에 손가락을 가져갔다.

하지만 선뜻 누르지는 못했다. 잠깐 바라보고는 그대로 화면을 끄고는 주머니에 넣었다.

"내일 하지 뭐, 내일……."

구현진은 솔직히 마음이 복잡 미묘했다. 이순정한테 박정임이 일 년 동안 기다렸다는 소리를 들었을 때 솔직히 기분이 묘했다.

하지만 그 이상의 특별한 감정은 생기지 않았다. 선뜻 전화할 용기도 없었다. 지금 구현진의 마음속에는 미안함만이 가득 자리하고 있었다.

6.

"아버지, 저 왔어요!

구현진이 집에 도착하자마자 아버지는 눈을 부라리며 소리쳤다.

"야, 이놈아! 일주일 동안 일본에 가 있더니, 도착했으면 퍼뜩 집에 들어와야지. 밤늦게까지 뭐 하다가 인제 기어 들어오노!"

아버지의 호통에 구현진이 변명을 늘어놓았다.

"아버지, 바빴어요. 저도 만날 사람이 많았다고요."

"이놈아! 그런 거는 메이저리그에서 성공하면 그때 해야지!"

"흐흐. 아버지, 저 많이 보고 싶으셨구나?"

구현진이 능글맞은 웃음을 지으며 아버지에게 다가가 말했다. 그러자 아버지가 뒤로 물러나며 소리쳤다.

"치아라 마! 어여 씻고 자라! 피곤할 낀데 얘기는 내일 하자!"

아버지는 퉁명스럽게 말을 하고는 본인의 방으로 들어갔다. 구현진은 그런 아버지를 보며 피식 웃었다. 그리고 구현진의 눈에 켜진 컴퓨터가 보였다.

구현진이 컴퓨터 앞에 가서 앉았다. 살짝 마우스를 움직이자 모니터가 켜졌다. 아버지는 아들이 올 때까지 컴퓨터를 하고 있었던 모양이었다.

그런데 바탕화면에 잔뜩 링크가 걸려 있었다.

"어? 뭐지?"

구현진이 링크를 클릭하자 거기에 자신의 기사가 나와 있었다. 또, 싱글 A부터 시작해, 더블 A, 트리플 A까지 구현진의 기사는 하나도 놓치지 않고 모두 링크를 복사해 두셨던 모양이었다.

구현진은 링크 하나하나를 다 살펴본 후 아버지 방문을 힐끔 쳐다보았다.

"칫, 이런 거 보고 계셨으면서……."

구현진은 괜히 눈물이 맺혔다. 그러면서도 더욱더 열심히 해야겠다는 생각이 들었다. 그때 방문이 열리며 아버지가 나왔다. 아버지도 컴퓨터 앞에 앉아 있는 구현진을 보며 움찔했다.

"니 왜 거기 있노?"

"아버지는 왜 나오셨어요?"

"어험, 나야 목이 말라서……. 니, 뭐 좀 묵을래? 만들어 줄까?"

"아뇨, 저 고기 많이 먹고 왔어요."

"그래? 그럼 나만 묵지, 뭐."

아버지는 냉장고에서 이것저것 꺼내더니 후딱 상차림을 한 후 술과 함께 가지고 나왔다. 그 앞에 구현진이 앉았다.

"니 아빠랑 술 한잔할래?"

아버지의 조심스러운 물음에 구현진이 고개를 끄덕였다.

"네."

아버지가 말없이 술잔을 내밀었다. 구현진이 두 손으로 술잔을 받았다. 그 안에 아버지가 말없이 술을 따라주었다. 구현진이 곧바로 술병을 받아 아버지의 잔을 채웠다.

"일 년 동안 타지에서 고생했다."

아버지는 무뚝뚝하게 말을 한 후 냉큼 술을 마셨다. 구현진도 고개를 들어 반 잔 정도 마신 후 내려놓았다. 그 모습을 힐끔 보던 아버지는 아무런 말도 없었다.

그저 아버지 혼자 술을 홀짝홀짝 마셨다. 구현진 역시 말없이 술병을 들어 아버지 잔을 채워 드렸다.

"아버지! 나중에 제가 꼭 성공해서 호강시켜 드릴게요."

"니, 술 취했나?"

"아니요, 그냥 열심히 하겠다고요."

"치아라, 마! 아버지는 이래 살믄 된다! 내가 어데 니한테 호강 받을라고 니 키운 줄 아나. ……뭐, 그래도 빈말이라도 듣긴 좋네."

"아버지! 빈말 아니에요."

"오야, 알았다."

아버지가 다시 술 한 잔을 마셨다. 구현진도 술잔을 마저 비우고 아버지에게 술을 따랐다.

그때 구현진이 조심스럽게 물었다.

"아버지, 아직도 김 여사님과 만나고 있어요?"

"어험! 뭔 소리 하노!"

아버지는 무안한지 괜히 소리를 질렀다. 그 모습에 구현진이 피식 웃었다.

"아버지, 나 없다고 김 여사님과 너무 친해지는 거 아니에요?"

"친해지긴 무슨……."

아버지는 말도 제대로 하지 못하고 언성만 높였다.

"이야, 아버지! 너무 성을 내니까, 의심스러운데요."

"의심은 무신! 치아라 마!"

아버지는 손을 휘휘 저었다. 그럴수록 아버지의 얼굴에 약간의 부끄러움이 내비치고 있었다. 그 모습을 보니 아버지도 여기서 잘 지내고 계시는 것 같았다.

"거기서 힘들지는 않더나?"

"많이 힘들죠. 있잖아요, 아버지. 제가 루키 리그부터 시작했는데요."

구현진은 지난 일 년간 미국에서 생활했던 이야기를 늘어놓기 시작했다. 아버지는 그런 구현진의 이야기를 안주 삼아 술을 마셨다.

때론 호응해 주고, 때론 호통을 치며 이야기에 동조해 주었다. 그렇게 두 사람의 밤이 무르익어 갔다.

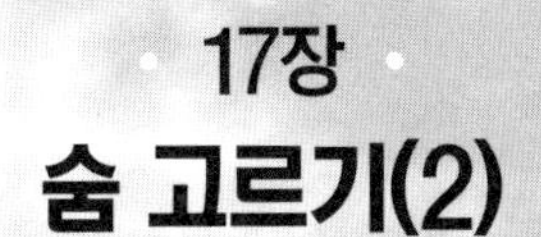

17장
숨 고르기(2)

I.

2019년도 메이저리그 시범경기도 어느덧 막바지에 이르고 있었다.

저녁 5시에 컵스와의 홈 시범경기가 있는 에인절스의 선수들은 일찍부터 몸을 풀고 있었다.

관중석에는 이미 기자들이 카메라를 들고 나와 선수들을 하나하나 찍으며 연습을 지켜보았다.

"오늘 구현진이 선발이라며?"

"나도 조금 전에 봤어. 최근 불펜으로만 등판하더니……."

"어쩐지, 요 며칠 동안 구현진의 얼굴을 불펜에서 보기 힘들더니. 오늘 선발을 위해 빠져 있었구나."

"오늘 나오면 몇 번째 등판이지?"

"아마도 세 번째일걸?"

"그만하면 선발로 나올 때가 됐지."

"그래, 구는 선발이 딱이라니까."

딱!

따아악!

경기장 쪽에서 경쾌한 타격음이 들려왔다.

기자들의 시선이 곧바로 타격 케이지 쪽으로 향했다. 그곳에는 동양인 타자 한 명이 나와 타격 연습을 하고 있었다.

"어라? 이맘때면 아직 정상 컨디션은 아닐 텐데……."

"오오, 제법 타격이 좋은걸? 누구야? 저 동양인은?"

타격 케이지에 들어가 있는 선수는 혼조였다. 혼조는 매서운 눈빛으로 타격 연습을 하고 있었다.

"처음 보는데, 어디 있었지?"

"이봐! 자네들 그러고도 메이저리그 기자라고 할 수 있나? 아무것도 모르고 취재하러 오면 어떻게 하자는 건가?"

한 기자의 말에 모든 기자의 시선이 그 기자에게 향했다. 그러자 그 기자는 피식 웃으며 혼조를 보았다.

"저 선수는 마이너리그에서 올라온 혼조 토모이츠야. 마이너리그 생활 3년 차에 접어들었고, 올해 처음으로 시범경기에 참가했지. 작년 후반부터 포수로서의 실력이 무르익었지. 아마도 오는 선발로 내정된 구현진 선수와 함께 호흡을 맞춘 후부터였을 거야. 타격에선 이렇다 할 주목을 못 받았지만, 포수로서는 이미 높게 평가받고 있었지. 그래서 타격만 보완한다면 충분히 메이저리그 백업 포수 한 자리쯤은 차지할 것이라고 예상하더군."

"음…… 그렇군. 오늘 선발 라인업에 이름을 올렸어. 오늘 구현진의 공을 받겠네."

"뭐, 둘은 마이너리그에서부터 호흡을 맞췄기에 커뮤니케이션엔 문제가 없겠어."

"그렇다면 오늘 기대해 볼 만하겠군."

모든 기자가 잔뜩 기대에 찬 눈빛으로 혼조를 지켜보았다.

한편 구단 VIP실에 피터 레이놀 단장이 모습을 드러냈다.

"오늘 구가 선발이라지?"

"그렇습니다."

보좌관 레이 심슨이 곧바로 고개를 끄덕였다.

"오노 감독도 구를 선발로 인정하는 건가?"

"그건 아직 모릅니다. 좀 더 지켜봐야겠죠."

"그래도 지난 경기는 잘했잖아. 지금 불펜 성적이 어떻지?"

"3경기 나와서 1.07입니다."

"그 정도면 괜찮네. 하지만 구는 선발로 뛰어야 더 빛을 발하지. 불펜에서 나온 성적은 무의미해."

피터 레이놀 단장이 창가에 서서 운동을 내려다보았다. 그 뒤로 보좌관이 고개를 끄덕였다.

"저도 같은 생각입니다."

같은 시각 구현진은 불펜에서 몸을 풀고 있었다.

퍼엉!

한층 더 날카로워진 구위를 뽐내며 구현진이 공을 던지고 있었다. 옆에서 지켜보는 수석코치와 투수코치는 연신 고개를 끄덕이며 만족감을 나타냈다.

"괜찮군."

"볼 끝이 살아 있어."

두 사람은 만족감을 나타냈다.

그때 불펜으로 혼조가 들어섰다.

"혼조! 타격 연습은 끝났나?"

"아! 예!"

"그럼 슬슬 구와 맞춰보라고."

"예!"

혼조가 구현진에게 갔다.

구현진은 마운드 위에서 잠시 숨을 골랐다.

"오늘 공 끝이 괜찮다고 하네. 컨디션은 어때?"

"괜찮아. 너도 오늘 타격이 제법 되더라?"

"후, 겨울 동안에 얼마나 애썼는데. 이 정도는 해야지."

"오오, 진짜 맘먹고 했나 본데?"

“그럼 놀았겠냐?”

“성질은……. 아무튼 잘 부탁한다.”

“나야말로. 가볍게 몇 개만 던지자. 확인할 것은 있고?”

혼조의 물음에 구현진이 미소를 지었다.

“나도 겨울에 놀고 있었던 것은 아니거든.”

“오오, 그래? 그럼 한번 받아볼까?”

혼조가 포수석으로 걸어갔다. 구현진 역시 마운드를 고르며 던질 준비를 마쳤다. 혼조가 포수석에 앉고 미트를 들었다. 그곳으로 구현진의 공이 빠르게 꽂혔다.

퍼엉!

구현진은 몸 쪽, 바깥쪽, 혼조가 원하는 곳으로 공을 팍팍 집어넣었다.

하물며 슬라이더가 더욱 날카로워졌다.

‘훗, 진짜 겨울에 놀고 있지만은 않았던 모양이네.’

혼조의 포수 마스크 사이로 미소가 번졌다.

불펜을 지켜보는 기자들 역시 오늘 올라온 선수 라인업을 보며 이야기를 나누고 있었다.

“타선이야 매니 트라웃을 필두로 제법 탄탄한 것 같고, 문제는 투수인데. 구가 합류한다면 좀 더 짜임새가 있지 않을까?”

“그건 모르지. 지켜봐야지.”

“지난 경기에는 잘했잖아.”

"나쁘지는 않지만 구 말고도 유망주들이 많잖아? 특히 이번에 합류한 토미 톰슨이 구보다 조금 앞서고 있지 않아?"

현재 메이저리그 유망주 투수는 우완투수, 좌완투수를 포함해 총 20명이 올라와 있었다. 여기서 구현진은 좌완투수 부분 랭킹 2위에 올라 있었다.

좌완 랭킹 1위는 다저스의 훌리오 유리아스였다. 2위가 바로 에인절스의 구현진이었다.

스카우팅 등급은 20-80 스케일로 50점이 평균이었다.

일반적으로 50점은 메이저리그 평균 정도의 선수. 60점은 컨텐더 팀의 주전선수이자 올스타 출전을 노려볼 만한 선수. 70점은 매년 올스타에 선정될 만한 선수, 80점은 명예의 전당을 노려볼 만한 선수로 점수가 매겨진다.

여기서 구현진의 스카우팅 등급은 패스트볼 70, 체인지업 65, 슬라이더, 55, 커브, 55, 컨트롤 60 전체 65를 기록하고 있었다.

하지만 만 19세인 점을 감안하면 좋은 등급이었다. 그래서 랭킹 점수가 높았다.

"좌완투수 부분 랭킹 2위면 괜찮지. 그런데 에인절스에서는 선발 진입이 쉽지는 않겠어."

"역시 토미 톰슨 때문인가?"

"그래, 이번에 초청 선수로 온 토미 톰슨 말이야. 선발로 시범경기에 나서고 있는데 성적 뛰어나!"

"그래도 구도 불펜에서 성적이 좋았잖아."

"하지만 불펜도 만만치가 않아. 유망주 랭킹 1, 2위 했던 친구들이 지금 불펜을 장악하고 있잖아."

"게다가 그들 역시 선발에 들어가기 위해 경쟁을 펼치고 있다더군."

"그래? 경쟁률이 얼마나 되는데?"

"자그마치 6 대 1이야."

"오우, 구는 힘들지도 모르겠는데?"

"이제 마이너리그 2년 차잖아. 경험을 더 쌓아야지."

"솔직히 지금 당장 불펜에 들어가려고 해도 자리가 없는 거 같아. 게다가 구는 선발을 희망하는 것 같던데……."

"무슨 소리야. 구 정도면 불펜 한 자리는 끼워 넣어야지."

기자들은 자기네들끼리 이야기를 주고받으며 라인업을 미리 구상하고 있었다.

그사이 시범경기 시간이 다가왔다.

많은 사람이 시범경기를 보기 위해 구장으로 찾아왔다. 그들은 손에 음료수와 핫도그를 들고 자신들의 자리를 찾아 이동했다.

에인절스 선수들이 모두 운동장으로 뛰어나갔다.

구현진도 가볍게 뛰어서 마운드에 섰다. 연습구를 던진 후 혼조가 마스크를 벗고 구현진에게 향했다. 마운드에 오른 혼조가 조심스럽게 말했다.

"일단 5회까지 던지기로 했으니까 부담 갖지 말고 던져! 100구 정도 선에서 생각하고 있으니까, 3실점 이내로 막자!"

혼조의 말에 구현진이 가볍게 고개를 끄덕였다.

"그래! 널 믿고 던질게!"

"알았어."

혼조가 포수석으로 돌아갔다.

그때 타석에 컵스의 첫 타자 카일 슈버가 들어섰다.

피터 레이놀 단장이 그 모습을 구장 VIP석에서 지켜보고 있었다. 피터 레이놀은 마운드 위에 있는 구현진에게서 시선을 떼지 않았다.

"자, 어디 마음껏 던져보게!"

그 말을 들었을까.

펑!

"스트라이크!"

구현진의 초구가 단숨에 스트라이크존을 통과했다.

"좋았어."

초구를 통해 감을 잡은 구현진은 거침없이 카일 슈버를 몰아붙였다. 카일 슈버도 25인 로스터에 합류하기 위해 이를 악물었지만, 구현진의 공을 건드리지 못했다.

그렇게 2스트라이크 1볼인 상황에서 혼조가 바깥쪽 하이 패스트볼을 요구했다.

구현진은 혼조의 미트를 향해 힘껏 공을 던졌다.

퍼어엉!

컵스의 1번 타자 카일 슈버는 헛스윙하며 물러났다. 그때 전광판에 찍힌 구속은 97mile/h(≒156㎞/h)였다.

1번 타자 카일 슈버를 삼진으로 잡으면서 원아웃이 되었다. 에인절스 더그아웃에서 지켜보던 마이크 오노 감독과 투수코치는 고개를 끄덕였다.

“좋아!”

“시작이 좋군.”

초반 구현진의 구위에 모두 큰 만족감을 나타냈다. 그 후로 2번 타자 리노 브라이언트에게 몸 쪽으로 초구를 던졌다.

퍼엉!

“스트라이크!”

주심의 손이 여지없이 올라갔다. 혼조 역시 공을 건네주며 오늘 구현진의 공이 괜찮다고 생각했다.

‘내가 원하는 코스로 확실하게 공을 찔러주고 있어. 구속이며 구위며 확실히 작년보다 올라갔어.’

구현진은 2구째, 바깥쪽으로 떨어지는 체인지업을 던졌다. 리노 브라이언트의 방망이가 돌아가려다 멈추었다.

혼조가 재빨리 1루심을 가리켰다.

그러자 1루심이 주먹 쥔 손을 들었다.

-리노 브라이언트의 방망이가 돌았습니다. 이로써 볼 카운트가 몰리며 투낫싱!

혼조는 3구를 바깥으로 빠지도록 유도했다. 그것을 리노 브라이언트가 걸러내며 볼 카운트는 2스트라이크 1볼이 됐다.

그러자 혼조는 몸 쪽 높은 코스의 포심 패스트볼을 요구했다.

구현진은 가볍게 고개를 끄덕인 후 자세를 잡았다. 짧게 호흡을 내뱉은 후 미트를 향해 힘껏 던졌다.

퍼어엉!

"스트라이크 아웃!"

2번 타자 리노 브라이언트 역시 헛스윙 삼진을 당했다.

-삼진! 삼진입니다. 구! 1, 2번 타자 연속 삼진을 잡아냅니다.

-구 선수. 초반부터 삼진 퍼레이드를 펼치는데요.

-마이너리그에 있을 때부터 삼진 잡기로 유명했던 선수죠.

-작년 딱 한 번 메이저리그에서 선발 등판이 있었는데, 그때도 빼어난 투구로 삼진을 많이 잡았었죠. 승을 기록하지 못해 안타까웠습니다.

-네, 그렇습니다. 승은 못 거두었으나, 메이저리그 팬들에게

자신의 존재감을 확실하게 각인시켰죠.

-구의 삼진 잡는 능력은 확실히 최고입니다.

컵스의 3번 타자 크리스 리조가 들어섰다. 포수가 몸 쪽으로 살짝 이동했다.

그리고 구현진은 크리스 리조와 몸 쪽 승부를 펼쳤다. 자칫 바깥쪽 승부를 펼쳤다가 큰 거 한 방 맞을 수 있기 때문이었다.

펑!

초구와 2구를 몸 쪽으로 밀어 넣었다. 초구는 스트라이크, 2구째는 볼이 선언되었다. 그리고 또다시 몸 쪽으로 승부를 펼쳤지만, 크리스 리조가 파울 타구를 만들었다.

2스트라이크 1볼인 상황에서 크리스 리조의 방망이가 가볍게 돌아갔다.

하지만 몸 쪽으로 횡으로 떨어지는 슬라이더가 들어왔다.

“와우! 슬라이더의 각도가 예리한데?”

“뭐야? 저거 슬라이더 맞아? 무슨 슬라이더가 이런 각도로 들어오는 거지?”

기자들의 감탄 속에 크리스 리조는 구현진의 각도 큰 슬라이더에 방망이를 헛돌리며 삼진을 당했다.

“까다로운데.”

크리스 리조가 고개를 절레절레 흔들며 걸어갔다.

구현진은 세 타자 연속 삼진을 잡으며 순조로운 출발을 보였다.

그렇게 3회까지 구현진은 삼자범퇴로 컵스의 공격을 막아내며 0 대 0의 스코어를 유지했다.

하지만 4회 초 구현진은 2아웃까지 잡아놓고, 3번 타자 크리스 리조에게 1루수의 키를 넘기는 빗맞은 안타를 맞았다.

2사 1루의 상황에서 컵스의 4번 타자 앤소니 조브리스트가 들어섰다. 지난 타석에서는 우익수 뜬 공으로 물러났다.

그런데 이번에는 초구를 그냥 흘려보낸 후 2구째 바깥쪽 체인지업을 걷어 올려 우월 투 런 홈런을 때려냈다.

구현진이 고개를 떨어뜨렸다.

"하아, 젠장……."

구현진은 이번에도 실투에 울었다. 체인지업을 던졌는데 조금 덜 떨어진 것이다. 그것을 앤소니 조브리스트가 놓치지 않았다.

"아무튼, 조금도 방심할 수가 없단 말이야."

구현진은 씁쓸한 표정을 지었다.

기자들은 홈런을 맞은 구현진을 보며 안타까워했다.

"이야, 저건 진짜 타자가 잘 쳤다! 잘 쳤어!"

"어떻게 저걸 치지?"

"구현진 많이 억울하겠다. 저러다 우는 거 아냐?"

구현진은 다소 아쉬운 표정을 지었지만 이내 웃으며 넘어갔다.

그때 혼조가 마운드를 방문했다.

"잘했어. 잘 던졌어. 저 녀석이 잘 친 거야."

"그래도 아쉽네. 좀 더 떨어졌어야 하는데."

"아니야. 원래 저 녀석이 노리고 들어왔던 모양이야. 그걸 내가 빨리 판단하지 못했던 거고. 내 실수야."

혼조는 지난 휴가 때 장만호에게 배웠던 것을 활용했다. 무엇보다 지금 상황에서는 소통이 중요하다는 것을 잘 알고 있었다.

구현진을 위로하고 빨리 홈런의 잔상을 지워 버려야 했다.

"그래, 알았어. 난 괜찮으니까. 네 자리로 돌아가!"

"알았다! 어차피 5회까지 던지기로 했으니까. 나머지도 잘 해보자!"

구현진은 미소를 지으며 고개를 끄덕였다.

혼조가 포수석으로 돌아가고, 안정을 되찾은 구현진은 곧바로 삼진 쇼를 펼쳤다. 4회 초 하나 남은 아웃카운트를 삼진으로 잡고, 5회 초마저 세 타자를 연속 삼진으로 잡아냈다.

5회 초까지 투구를 마친 구현진은 투구 수 89개, 2실점을 했고, 삼진은 무려 9개를 잡아냈다.

이로써 오늘 구현진의 시범경기는 끝이 났다.

그사이 기자들끼리 이야기를 주고받았다.

"확실히 구현진의 삼진 능력은 멋있어."

"시범경기가 끝날 때까지 이 모습을 유지하면 선발 투수로 살아남겠는데?"

"하지만 4회 초 투 런 홈런은 아쉽더군."

"그건 앤소니 조브리스트가 잘 친 거고. 그보다 구현진이 넘어야 할 산은 또 있잖아. 바로 이번에 마이너리그 계약을 한 토미 톰슨 말이야."

"맞아, 토미 톰슨을 넘지 않는 이상 힘들어."

기자들은 대부분 토미 톰슨의 손을 들어주는 분위기였다. 투구를 마친 구현진 역시 자신이 토미 톰슨에게 조금 밀린다고 생각을 했다.

물론 쭉 선발로 출전했던 토미 톰슨과 불펜에 있었던 구현진을 같은 기준으로 평가할 순 없는 일이었다.

그러나 구현진은 그런 변명거리를 찾는 것보다 오늘, 토미 톰슨보다 낫다는 걸 증명하지 못했다는 게 분할 뿐이었다.

토미 톰슨과 구현진의 선발 경쟁은 치열하게 이어졌다.

구현진에 이어 선발 출장한 토미 톰슨은 6회까지 총 100구의 공을 던지며 무실점 경기를 펼쳤다.

구현진 역시 그다음 선발 경기에서 6회까지 공을 던졌다. 비록 1실점은 했지만 10개의 삼진을 잡아냈다. 그렇게 두 투수는 서로를 경쟁하며 시범경기에 나섰다.

그렇게 구현진은 2번의 불펜 투수와 한 번의 선발로 3경기를 나섰다. 시범경기 기간이 한 달 정도라 이 정도로 나설 수 있었다. 이 기간에 구현진은 패 없이 1승을 기록했다. 평균자책점은 2.56이었고, 삼진 능력은 탁월하다는 것은 확실하게 각인시켰다

반면 토미 톰슨은 삼진 수는 적었으나 노련하게 경기를 풀어나갔다. 그는 메이저리그 경험이 많고 한때 선발로 뛰던 선수였다. 그 경험을 바탕으로 시범경기에서 가장 뛰어난 성적을 거둔 투수였다.

대부분의 선수가 토미 톰슨이 선발 한 자리를 차지할 것으로 생각했다.

토미 톰슨 역시 그렇게 생각하고 있었다.

"어찌한다."

피터 레이놀 단장은 자신의 책상에 앉아 깊은 고민에 빠졌다. 책상 위에는 토미 톰슨과 구현진의 프로필이 올라와 있었다.

"하아……."

피터 레이놀 단장은 깊은 한숨을 내쉬었다. 원래 구를 선발진에 합류시키고 싶었다. 그런데 복병이 나타났다. 바로 토미 톰슨이었다. 그의 의도치 않은 활약으로 구현진의 입지가 줄어든 것이었다.

사실, 두 사람을 놓고 봤을 때 실력으로는 비슷했다. 다만 구

현진이 따라가지 못하는 것이 있었다. 그것은 바로 경험이었다. 그 경험 때문에 구현진이 토미 톰슨을 앞서지 못하고 있었다.

피터 레이놀은 쉽게 결론을 내리지 못하고 있었다. 그때 레이 심슨 보좌관이 들어왔다.

"왔는가."

"네, 단장님. 그런데 무슨 고민이라도 있습니까?"

"고민? 있지?"

피터 레이놀 단장이 책상을 가리켰다. 레이 심슨이 책상에 놓인 두 프로필을 보았다.

"아……."

레이 심슨이 낮게 탄식한 후 고개를 끄덕였다. 그런 그를 보고 피터 레이놀 단장이 물었다.

"자넨 어떻게 생각하나?"

"저 같으면…… 선택은 구입니다."

"구? 어떻게 그렇게 생각하지?"

"일단 구는 젊습니다. 가능성으로 따지면 토미 톰슨과 비교할 수 없죠. 게다가 구는 활용 가능성이 큰 투수입니다. 먼 미래를 봤을 때는 우리 에인절스의 프랜차이즈 스타가 될 가능성이 큽니다."

레이 심슨 보좌관의 말을 듣고 피터 레이놀 단장이 고개를 끄덕였다.

"맞아! 나도 그렇게 생각하네. 하지만 토미 톰슨이 이번 시범경기에서 너무 잘 던졌어. 그건 무시할 수 없는 부분이야."

"알고 있습니다. 하지만 토미 톰슨은 우리 팜 출신이 아니지 않습니까! 애당초 메이저리그 선발 경험이 있던 선수입니다 구하고는 솔직히 출발 선상이 달라요."

"그렇다고 경험을 무시하면 안 되지."

"물론 그렇긴 합니다만, 그는 몇 년간 선발과 불펜을 왔다 갔다 했습니다. 작년 내셔널스에서도 선발로 시작했으나 성적이 좋지 않아 결국 불펜으로 돌아갔습니다. 토미 톰슨은 항상 그런 식이었습니다. 시범경기 성적은 좋아 시즌을 선발로 출장하지만, 정규 시즌만 들어가면 컨디션 저하로 엉망이었죠. 이번에도 그러지 않으리란 보장은 없습니다."

레이 심슨이 차근차근 설명했다.

피터 레이놀 단장이 모든 것을 듣고 나직이 말했다.

"자네가 무슨 말을 하려는지 알겠네. 하지만 마이크 오노 감독은……."

"네, 감독님은 아마도 토미 톰슨을 선택할 것입니다. 아무래도 안전을 우선하면 말이죠."

"그럼 어떻게 해야 하지? 방법이……."

피터 레이놀 단장이 고민하며 두 프로필을 들었다.

"만약 둘 중 하나를 선택한다면……."

피터 레이놀 단장의 중얼거림에 레이 심슨 보좌관이 깜짝 놀라 말했다.

"단장님! 설마 구를 팔려는 것은 아니죠?"

그러자 피터 레이놀 단장이 피식 웃었다.

"자네 반응을 보아하니. 구를 팔면 안 되겠네. 그럼 토미 톰슨을 팔아야 하는데 누구한테 팔 수 있을까?"

피터 레이놀 단장은 구현진 프로필을 다시 책상에 내려놓고 토미 톰슨의 프로필을 바라보며 말했다. 그러자 레이 심슨이 기다렸다는 듯이 말했다.

"단장님, 현재 우리 팀의 가장 취약 부분은 불펜입니다. 뭐, 불펜끼리 맞바꾼다고 생각해도 가능할 것 같습니다. 토미 톰슨은 불펜도 가능하니까요."

"게다가 희소성이 있는 좌완 불펜투수고 말이지?"

"네, 그렇습니다."

"그렇다면 좌완으로 교환해야 할까?"

"그건 아닙니다. 우리 팀엔 좌완이 많습니다. 차라리 수준급의 우완을 데려오는 것이 좋을 것 같습니다."

"우완?"

"네!"

"우완이라……. 어떤?"

"일단 젊은 선수는 피하는 것이 좋겠습니다. 경험이 많고,

나이가 좀 있는 선수가 좋을 것 같습니다. 우승 경험이 있는 불펜 투수면 더 좋고 말이죠."

"그런 투수가 있을까? 설령 있다고 하더라도 순순히 줄까?"

"단장님, 좌완 불펜 선수는 그리 흔치 않습니다. 아마 원하는 팀이 많을 것입니다."

"그렇군! 알겠어, 그럼 타진해 보지."

"네."

피터 레이놀 단장은 구현진을 선발로 올리기 위해 시범경기에서 빼어난 활약을 펼친 토미 톰슨을 트레이드하기로 맘을 먹었다.

그리고 시범경기 마지막 날이 되었다.

이날은 에인절스 홈에서 더블 헤드로 경기가 펼쳐졌다. 그 첫 번째 선발 투수로 구현진이 나와 던졌다. 구현진은 7이닝 무실점 호투를 펼쳤다. 삼진 역시 12개를 뽑아내며 닥터 K의 면모를 유감없이 발휘했다.

한 시간 휴식 후 두 번째 경기가 벌어졌다.

두 번째 경기 선발은 바로 토미 톰슨이었다. 그 모습을 구현진은 혼조와 함께 더그아웃에서 지켜보았다.

토미 톰슨은 확실히 잘 던졌다. 아니면 상대 팀 타자들이 제대로 공략 못 하는 것일 수도 있었다.

"젠장! 더럽게 잘 던지네."

혼조가 무심코 말을 내뱉었다. 구현진 역시 토미 톰슨이 잘 던지고 있다는 것에 동조했다.

"확실히 잘 던지네."

구현진은 그 말을 하며 씁쓸한 얼굴이 되었다.

구현진이 현재까지 지켜본 토미 톰슨의 공은 정말 대단했다. 공이 홈 플레이트 앞에서 춤추는 듯했다. 솔직히 엄청 빠른 공을 던지지는 않지만, 변화가 심해 타자들이 방망이 중심에 제대로 맞추지 못하고 있었다.

무엇보다 싱커와 스플리터를 교묘하게 사용해 타자들을 더욱 혼란스럽게 만들고 있었다. 대부분 공이 뜨지 않고 땅볼이 되었다. 왜 '땅볼의 마술사'로 불리는지 이해되었다.

또한, 에인절스 주전 포수와의 호흡도 좋았다. 그래서 그런지 구현진과 혼조는 짜증이 났다.

"빌어먹을. 딱히 단점도 안 보이네."

"내 말이. 에릭 말도나도와의 호흡도 좋은 것 같네."

두 사람은 푸념하듯 중얼거렸다. 그러다가 구현진이 나직이 말했다.

"확! 그냥, 트레이드되어 버렸으면 좋겠네."

그 말을 들은 혼조는 평소 같았으면 '무슨 그런 소릴 하냐며' 핀잔을 줬을 것이다. 그런데 오늘은 의외로 같이 동조해 주었다.

"그러게. 둘 다 트레이드되어 버리면 좋겠다."

혼조의 말을 듣고 구현진의 고개가 돌아갔다. 구현진은 피식 웃으며 말했다.

“오랜만에 서로 얘기가 통했네?”

“어라? 그러네.”

“그런데 있잖아. 우리가 트레이드되어 버리면 어떻게 하지?”

“우리가 트레이드? 그 생각을 못 했네.”

구현진과 혼조는 서로를 바라보며 살짝 불안한 눈빛을 내비쳤다. 그러는 사이 경기를 마친 토미 톰슨이 더그아웃으로 들어왔다.

토미 톰슨은 마지막 시범경기에서도 7이닝 무실점 경기를 펼쳤다. 그는 의기양양한 얼굴이 되어 있었다.

선수들이 일어나 토미 톰슨을 맞이했다.

“잘했어. 수고했어.”

“멋진 투구였어.”

“멋졌어!”

동료들의 하이 파이브를 받으며 토미 톰슨이 다가왔다. 구현진과 혼조 역시 자리에서 일어나 하이 파이브를 나누었다.

“역시 잘 던져!”

“수고했어!”

그러자 토미 톰슨도 구현진을 보았다. 그는 히죽 웃으며 말했다.

"너도 잘 던졌어. 하지만 아직 성장할 여지가 있는 것 같더군. 트리플 A에서 좀 더 배워오면 더 나아지지 않겠어?"

토미 톰슨은 마치 자신이 선발진에 합류한 것처럼 말을 했다. 물론 그도 주위에서 하는 말을 들었을 것이다. 자기 스스로도 잘 던졌다는 것을 인지하고 있었다.

그런데 마이크 오노 감독에게 갔던 그가 갑자기 표정이 굳어졌다. 마이크 오노 감독과 몇 마디 주고받더니 표정이 싸늘해지며 고개를 홱 돌렸다.

구현진을 매섭게 쳐다봤다. 그러자 옆에 있던 혼조가 움찔하며 말했다.

"뭐야? 저 녀석! 왜 저렇게 무섭게 쳐다봐?"

"몰라? 내가 뭐 잘못했나?"

구현진은 고개를 갸웃했지만, 딱히 자신이 잘못한 기억이 없었다.

"가만! 혹시 저 녀석 트레이드되는 거 아냐?"

"뭐? 트레이드? 에이, 설마. 넌 아까 농담한 걸 가지고 아직도 그러냐. 시범경기에서 그렇게 잘 던졌는데 트레이드는 무슨 트레이드야."

"그럼 쟤가 널 왜 저렇게 노려보는데. 아, 혹시 다시 내려가나?"

"글쎄……. 뭐 어찌 되었든 설마 저만한 놈을 비즈로 내리든, 트레이드하든 하겠어?"

"그런가?"

혼조도 고개를 갸웃했다. 그런데 그때 박동희가 더그아웃으로 뛰어들어왔다.

"현진아, 현진아!"

"어? 형! 무슨 일 있어요?"

"있지, 있어! 토미 톰슨이 트레이드된대."

"예에?"

구현진과 혼조는 동시에 놀란 표정을 지었다. 혼조는 자신의 예상이 맞았다며 구현진에게 말했다.

"거봐, 내가 뭐라고 했어. 그렇다니까? 괜히 널 째려본 것이 아니야."

"정말이었구나……."

[시범경기 빼어난 활약을 펼쳤던 토미 톰슨! 전격 트레이드 결정!]

[마이크 오노 감독! 전혀 이해할 수 없는 트레이드!]

[피터 레이놀 단장의 파격적인 행보! 도대체 그는 뭘 구상하고 있는가?]

마이크 오노 감독은 그 길로 피터 레이놀 단장과 면담을 했다.

똑똑똑!

단장실 문이 열리고 마이크 오노 감독이 들어갔다.

"감독님 오셨습니까?"

"왜 그러셨습니까?"

마이크 오노 감독은 다짜고짜 물었다. 그러자 피터 레이놀 단장이 자리에서 일어났다.

"우선 앉으시죠."

마이크 오노 감독이 자리에 앉고, 맞은편에 피터 레이놀 단장이 앉았다. 먼저 입을 연 쪽은 마이크 오노 감독이었다.

"구를 선발진에 합류시키려고 톰슨을 트레이드했다고 하던데 사실입니까?"

"네, 맞습니다."

"정말이라고요?"

"네."

"아니, 왜요? 토미 톰슨의 시범경기 성적이 좋지 않습니까?"

"예, 알고 있습니다. 그리고 구도 토미 톰슨과 비슷한 성적을 거둔 것도 알고 있지요."

"구가 잘해주고 있다는 것은 저도 압니다. 하지만 그는 아직 선발로서의 경험이 부족합니다. 아무리 잘 던진다 해도 안정적이지 못해요."

"경험이 부족하면 쌓아주면 될 것이 아닙니까?"

피터 레이놀 단장도 물러서지 않았다. 자신이 공을 들인 구현진을 쉽게 마이너리그로 내려보내고 싶지 않았다. 오랫동안 메이저리그에서 지켜보고 싶었다.

"아무리 생각해도 이건 미친 짓입니다. 구가 잘 던진다는 것은 알고 있어요. 하지만 어떠한 보험도, 증명도 없이 이렇게 선발진을 정해 버리는 게 옳은 일입니까?"

"좋습니다. 그럼 토미 톰슨은 어때요? 그의 지난 성적을 보면 그다지 좋지 않다는 것은 알고 계실 것입니다. 내셔널스에서도 힘들었고, 컵스에서도 방출되었습니다. 시즌이 흐르면서 그의 성적은 처참해졌죠. 이제 와 얘기하는 것이지만 솔직히 초반은 중요하지 않습니다. 장기적으로 보면 선택지는 구라는 확신이 듭니다. 아니, 제가 만약에 둘 중에 선택하라면 구를 쓸 겁니다. 둘 다 불안하다면 말입니다. 구에게 많은 기회를 주고, 지켜볼 것입니다. 그는 아직 어리고 앞으로 더욱 성장할 테니까요."

"하아, 정말 톰슨을 트레이드할 것입니까?"

"네. 이미 상대 팀 구단과도 이야기가 끝났습니다."

"알겠습니다."

마이크 오노 감독이 자리에서 일어났다.

하지만 완전히 인정한 것은 아니었다. 일단 구현진을 5선발로 두고 지켜볼 심산이었다.

피터 레이놀 단장은 마이크 오노 감독과의 얘기를 마치고 깊은 한숨을 내쉬었다.

"후우, 일단 내가 할 수 있는 일은 여기까지입니다. 살아남느냐, 못 남느냐는 당신에게 달렸습니다."

피터 레이놀 단장은 나직이 중얼거린 후 조용히 눈을 감았다.

구현진이 에인절스의 5선발로 확정되었다. 프론트는 그 사실을 각종 언론사며, 인터넷에 대대적으로 홍보하였다.

[구현진, 미국으로 건너간 지 1년 만에 메이저리그 입성!]

[호기롭게 떠났던 미국! 지금 그 결실을 보다!]

[구현진! 당당히 메이저리그 선발!]

국내에서도 구현진의 메이저리그 선발 합류를 보도했다. 아버지를 비롯해 장만호, 이순정 그리고 유현진, 구대승까지 모두 구현진의 메이저리그 선발진 합류를 축하해 주었다.

그런 축하 메시지를 받을수록 구현진의 부담은 점점 커져만 갔다.

"아니, 선발이 되었을 때만 해도 좋았는데 하루에도 수십 번씩 축하를 받으니 도리어 슬슬 부담되는 것 같네."

구현진 혼잣말을 중얼거릴 때 혼조가 가방을 들고 나타났다. 혼조를 본 구현진이 아쉬운 얼굴이 되었다.

"이제 내려…… 가?"

"그래."

"많이 아쉽냐. 같이 남았으면 좋았는데."

구현진이 혼조의 어깨에 손을 올렸다. 그러자 혼조가 환하게 미소를 지었다.

"어쩔 수 없지, 뭐. 하지만 난 여기서 끝이 아니야. 조금만 기다려, 곧 이 자리에 올라올 테니까."

혼조는 처음 봤을 때의 모습과 달리 지금은 자신감에 가득했다. 그런 혼조의 모습에 조만간 그를 메이저리그에서 다시 볼 것만 같았다.

"그래 꼭 보자!"

구현진이 손을 내밀었다. 혼조 역시 손을 내밀며 악수를 했다.

두 사람은 서로를 바라보며 눈시울을 붉혔다. 그러자 구현진이 애써 강한 척 말했다.

"야, 인마. 사내놈이 뭐 평생 못 볼 것도 아니고 왜 그리 짜냐?"

"우, 울긴 누가 운다고 그래?"

"그래. 당당히 뒤돌아가는 거야."

구현진과 혼조가 서로를 보며 씩 웃었다.

"두고 봐! 한 달 안에 반드시 돌아올 테니까."

"그래. 빨리 올라와. 기다리고 있을 테니까."

구현진은 혼조에게 힘을 불어넣어 주었다.

혼조는 각오를 다진 뒤 떠났다.

그리고 그날 저녁, 구현진은 내일 호주 개막전을 위해 짐을 싸고 있었다.

그때 딩동 하고 벨 소리가 울렸다.

"이 시간에 누구지?"

구현진이 문을 열었다. 그런데 문 앞에 있는 사람을 본 순간 구현진은 화들짝 놀랐다.

"뭐야, 너!"

"하하, 아, 안녕……."

혼조가 어색한 웃음을 지으며 서 있었다.

"야, 어떻게 된 거야?"

"일단 들어가서 얘기하면 안 될까?"

"아, 그래! 어서 들어와!"

혼조가 구현진이 사는 숙소로 들어왔다. 잠시 숙소를 두리번거린 후 짐을 바닥에 내려놓았다.

"어떻게 된 거야?"

구현진이 물었다.

"아, 그게 나도 비행기 안에서 들어서……."

혼조는 자신이 여기에 온 배경을 설명했다.

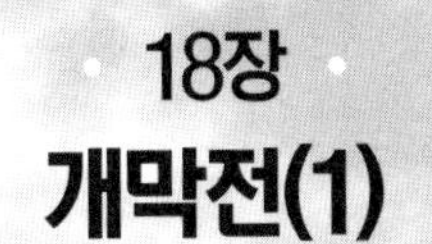

18장

개막전(1)

I.

원래 호주 개막전에는 백업 포수가 가기로 되어 있었다. 그런데 백업 포수의 아내가 만삭이었다. 때마침 그의 아내가 진통이 와서 갑자기 출산 휴가를 내게 되었다. 그 결과 부랴부랴 혼조가 백업 포수로 합류하게 된 것이었다.

2011년 메이저리그는 미국 4대 프로 스포츠 중 처음으로 출산 휴가를 공식화했다. 구단은 규정에 따라 소속 선수 배우자의 출산이 임박했거나 출산 예정 48시간 이내일 때 출산 휴가를 보내주어야 한다. 그리고 휴가는 24시간에서 최대 3일까지 가능했다.

혼조는 솔트레이크로 가는 도중에 연락을 받았고, 솔트레이크 공항에서 다시 LA로 가는 비행기를 갈아타고 되돌아왔다.

"나 솔트레이크까지 갔다가 왔다는 거 아니냐. 지금까지 비행기만 타고 왔다. 여기 봐봐, 내 눈 빨갛지?"

혼조는 고개를 절레절레 흔들며 오늘 긴박했던 이야기를 꺼내놓았다.

하지만 구현진은 혼조와 함께 호주 개막전에 갈 수 있어서 기분이 좋았다.

"지금 그게 중요해? 어쨌든 같이 갈 수 있다는 거잖아!"

"아하하. 이거 진짜 좀 민망한 상황이다."

구현진은 상관없다며 혼조를 와락 끌어안았다. 혼조도 구현진의 품에서 멋쩍게 웃어 보였다.

"그보다 지낼 곳은?"

"구단에서 구해준다고 했는데…… 당분간 신세 좀 지자."

"그냥 여기 있어! 남는 방도 있는데."

"그래도 될까?"

"당연하지."

"고맙다!"

구현진은 곧바로 남은 방 하나를 혼조에게 주었다. 원래 에이전트 박동희의 방이었는데 그는 오늘 일이 생겨 한국으로 떠난 상태였다.

게다가 박동희는 당분간 오지 못한다고 했다.

"일단 쉴래?"

"아니, 그것보다 공부 좀 하자!"

혼조가 가방을 열어 두툼한 리포트를 꺼냈다.

"이게 뭐야?"

구현진이 눈을 크게 뜨며 물었다. 그러자 혼조가 눈을 반짝이며 말했다.

"뭐긴, 상대 팀 타자 분석이지!"

"뭐? 너 언제 이런 걸……."

"혹시나 해서 미리미리 준비해 뒀거든. 이렇게 빨리 써먹을 줄은 몰랐지만."

혼조가 피식 웃었다.

"첫 상대가 컵스지? 잘됐다! 쓸모없어질까 봐 걱정했거든. 오늘 나랑 공부하자."

혼조가 자리에 앉았다. 그 모습을 본 구현진이 말했다.

"야, 너 주전 포수 자리 자신 있냐?"

"사람 일은 모르는 거야. 언제 어떻게 나갈지도 모르고, 혹시 알아? 대타로도 나갈지. 아니면 부상으로 어쩌면 내가 될지도 모르고 말이야."

"만약 그렇게 되면 경기 후반이 될 텐데? 내가 그때까지 던질 수 있을까?"

"던져! 무조건 던져! 너 7회 이전에 내려오면 가만 안 둘 거야."

"야…… 뭐, 그런 억지를……."

"잔말 말고 어서 앉기나 해!"

"아, 알았어."

혼조의 재촉에 구현진이 자리에 앉았다. 구현진은 혼조가 작성한 리포트를 보았다.

혼조가 조심스럽게 물었다.

"컵스에서 가장 경계해야 할 타자가 누구지?"

"그야 브라이언트지?"

"그래. 리노 브라이언트, 괴물 같은 놈이지."

"야, 메이저리그에 괴물 아닌 인간이 어디 있냐. 도대체가 상위 타선이고 하위타선이고 만만한 놈들이 없잖아."

구현진의 한마디에 혼조가 진지해졌다.

"그래. 말 한번 잘했다. 니 말대로 네가 암만 시범경기에서 잘했다고 해도 괜히 메이저리거가 아니야. 비록 리노 브라이언트가 작년에 잔부상으로 부진했다고 해도 여전히 가장 경계해야 할 타자야."

"에이, 그래도 왕년의 리노 브라이언트는 아닌 거 같은데."

"너 그러다가 한 방 크게 맞는다."

"……뭐라고?"

"농담이야, 농담. 그러니까 진지하게 좀 해두자고."

구현진이 혼조를 장난스럽게 밀쳤고 잠시 옥신각신하던 둘은 금세 리노 브라이언트를 분석하는 데 열을 올렸다.

그리고 다음 날. 구현진과 혼조는 호주로 향하는 비행기에 나란히 올라탔다.

2.

MLB는 세계화 전략으로 다른 나라에서 개막전을 펼치고 있었다. 물론 한국에서도 하길 원했지만, KBO가 거절하는 바람에 열리지는 못했다.

그래서 이번에도 호주 개막전을 시작으로 메이저리그 정규 시즌이 개막되었다.

그런데 호주 개막전에 구현진이 선발로 나선다는 보도가 나왔다. 원래라면 1, 2선발이 나서야 했다. 그런데 1선발 유스메이로 페팃과 2선발 파커 브리드웰, 3선발 JC 라미레즈는 모두 컨디션 난조를 핑계로 참가하지 않았다.

결국, 4선발과 5선발인 제시 차베스와 구현진이 호주 개막전 2연전에 나서게 된 것이었다. 1, 2, 3선발은 모두 미국에 남아 컨디션을 올리기로 했다.

이에 여론이 안 좋게 흘러갔다. 먼 호주에서 개막전을 하다 보니 꾀병을 부린 것이 아니냐며 한목소리를 냈다.

그러자 마이크 오노 감독이 해명하였다.

"절대 그렇지 않다. 구현진과 제시 차베스의 컨디션이 더 좋아서 데리고 온 것뿐이다."

하지만 여론은 쉽게 누그러들지 않았다. 그런데 그때 기사 터졌다. 바로 토미 톰슨의 관한 것이었다.

[트레이드를 추진했던 토미 톰슨! 팔꿈치 이상 발견! 트레이드 불가!]

그 후 구단에서도 공식적인 발표가 나왔다.

이에 피터 레이놀 단장은 곧바로 기사를 냈다.

[5선발 경쟁은 계속 진행 중이다. 구가 잘 던지면 살아남을 것이고, 만약 못 던지면 언제든지 내려갈 수 있다.]

피터 레이놀 단장의 발언에 여론 뜨겁게 반응했다.

[피터 레이놀 단장! 5선발 경쟁 구도 시사!]

[에인절스 5선발은 안개 속으로…….]

[구현진! 과연 5선발 자리를 지킬 수 있을 것인가?]

이런 기사가 대문짝만하게 찍혔다.

구현진 역시 호주 호텔 방에서 혼조와 함께 그 기사를 확인했다. 혼조가 위로를 했지만, 구현진도 어느 정도 인지하고 있었다.

"괜찮아, 내가 잘 던지면 될 문제야."

"그래, 맞아!"

그때 초인종 소리가 딩동 하고 들려왔다. 개막전 경기를 위해 호텔 방에 있던 구현진이 입구를 바라보았다. 혼조가 일어났다.

"내가 나가볼게."

혼조가 문 입구로 나갔다.

"누구세요?"

"접니다, 피터!"

그 순간 구현진과 혼조의 눈이 커졌다. 혼조가 냉큼 문을 열자 그 앞에 피터 레이놀 단장이 서 있었다.

"안녕하십니까?"

"아, 네. 안녕하십니까. 여긴 어쩐 일로?"

"개막전인데 당연히 제가 와야죠. 그리고 구 선수를 만나고 싶기도 했고요. 안에 있죠?"

"아, 예, 그럼요. 들어오세요."

혼조가 몸을 한쪽으로 물러났다. 피터 레이놀 단장이 미소를 지으며 호텔 방 안으로 들어갔다. 구현진을 발견한 그는 환한 미소를 보내주었다.

"지내시기에 불편함은 없습니까?"

"네, 괜찮아요."

"다행이네요. 불편한 상황이 있으면 언제든지 프론트 직원에게 말씀하세요."

"네."

피터 레이놀 단장이 노트북 화면을 보았다. 그곳에 있는 기사를 확인했다.

"아, 기사 봤군요?"

"네, 방금이요."

구현진이 서둘러 노트북을 닫았다. 피터 레이놀 단장이 구현진을 바라보며 물었다.

"서운하십니까?"

"아니요, 충분히 이해해요."

"그렇게 생각해 주니 고맙습니다. 하지만 난 구현진 선수를 마이너리그에 내려보낼 생각이 없습니다. 그러니 무조건 잘 던져야 합니다. 알겠죠?"

"네, 잘 알겠습니다."

피터 레이놀 단장은 강한 눈빛으로 구현진을 바라보았다. 그 속에 구현진에 대한 믿음이 담겨 있었다.

3.

2019년 MLB 개막전 두 경기가 이번에는 호주 시드니에서 열렸다. 매년 MLB는 각 나라를 돌며 개막전을 펼쳤다.

다른 나라에서 개막전을 하는 이유는 MLB 야구를 해외에 홍보하고 세계적으로 야구 붐을 올리는 목적이 있었기 때문이다.

물론 내부적으로 팬 층을 확대해 구단의 수익을 올리려는 측면도 어느 정도는 있었다.

가령 우리나라의 박찬오, 유현진 등으로 한국에 메이저리그 붐이 일면서 중계권 판매, 한국계 관중 동원, 스폰서 유치 등으로 다저스의 수익이 올라간 것이 좋은 선례였다.

이번 호주 개막전도 그런 맥락에서 하는 것이었다. 호주에 자리 잡으려는 프로야구의 관심을 올리기 위함이었다.

그리고 호주 개막전 1차전이 벌어졌다.

컵스 대 에인절스의 1차전은 컵스의 승리로 돌아갔다. 컵스는 1선발 크레이토 아리에타를 내세워 3 대 0 승리를 쟁취했다. 에인절스의 선발 제시 차베스가 분전했지만 팀의 패배를 막을 수는 없었다.

내일 2차전 선발은 구현진이었다. 상대 팀 선발은 조 렉키였다.

구현진과 혼조는 팀의 패배를 지켜본 후 곧바로 호텔로 이동했다. 푹푹 찌는 호주의 날씨에 조금만 밖에 있어도 땀이 흘러내렸다.

구현진이 잠깐 다른 볼일을 보는 사이 혼조가 소파에 앉아 노트북으로 뭔가를 보고 있었다.

"뭐 해?"

구현진의 물음에도 혼조는 대답을 하지 않고 매우 심각한 표정을 짓고 있었다.

"뭐 하냐고?"

구현진이 목소리를 좀 더 올렸다. 그제야 구현진의 목소리를 들은 혼조가 말을 더듬었다.

"어어? 아, 아니야."

"아니긴……."

구현진이 혼조 옆으로 가서 앉았다. 혼조가 황급히 노트북을 닫았다.

"뭔데? 뭐야?"

"아, 아무것도 아니야."

구현진의 시선이 혼조의 노트북으로 향했다.

"아닌 것 같은데!"

구현진이 재빨리 노트북을 빼어서 펼쳤다. 혼조가 놀라며 막으려 했지만 이미 늦었다. 노트북 화면에는 리노 브라이언트와 구현진의 사진이 올라와 있었고 그 아래 영어로 된 기사가 적혀 있었다.

"이게 뭔데?"

잔뜩 영어로 된 기사를 보고 구현진이 물었다. 혼조는 머뭇거리며 말을 하지 못했다.

"무슨 내용인데?"

구현진이 다시 물었다. 그러자 혼조가 나직이 말했다.

"아, 아니 그냥 별거 아니야."

구현진이 혼조의 눈을 살폈다. 눈동자가 흔들리고 있었다.

"별거 아닌 게 아닌 것 같은데? 솔직히 말해봐. 여기 뭐라고 적혀 있어?"

"현진아……."

"뭐, 네가 그러는 거 보니까 그다지 좋은 내용은 아니겠지. 뭔데 그래? 나쁜 거야?"

혼조가 고개를 가볍게 끄덕였다.

"그럼 말해줘. 브라이언트가 뭐라고 했어? 내 사진도 있는 거 보면 나에 관해 뭐라고 한 것 같은데."

"그게 말이야……."

혼조는 잠시 뜸을 들이더니 기사 내용을 얘기해 주었다.

-구? 구가 누구? 난 모르는 사람이다.

-이번 2차전 선발로 내정된 사람인데 모른다는 말인가?

-내가 꼭 알아야 하나?

-그건 아니지만 그래도 상대 팀 선발 투수가 누구인지는 알아야 하지 않는가?

-아! 그런가? 그럼 지금 알았다. 내일 선발 투수가 누구인지 알려줘서 고맙다. 아무튼, 난 이기기 위해 호주에 왔다. 누가 선발이든 상관하지 않는다. 혹시 구는 마이너에서 올라온 루키?

-그렇다. 하지만 작년 한 차례 메이저리그에 올라와 선발로 던졌다.

-루키라…… 안타깝다. 하필 날 만났으니 말이다. 미리 미안하다는 말을 해두겠다. 나 때문에 다시 마이너에 내려가야 할지도 모르니 말이다. 그는 아마 지옥을 경험하게 될 것이다.

혼조는 브라이언트가 어느 기자와 나눴던 대화를 얘기했다. 구현진의 표정이 삽시간에 굳어졌다.

"정말 저 녀석이 그리 말했단 말이야?"

"그, 그래……."

"와, 진짜 정말 그리 말했단 말이지? 와놔! 확 열 받네!"

"진정해, 원래 가십은 원래 저래, 저렇게 싸움을 붙이는 거야."

"아무리 그래도 기분 나쁜 건 나쁜 거야! 브라이언트 그 새끼 웃긴 새끼네! 지난번에도 현진이, 너한테 삼진 당한 놈이 뭐? 누군지 몰라?"

구현진이 열을 내며 소리쳤다. 혼조가 괜히 미안한지 구현진을 달랬다.

"열 받을 필요 없어. 그냥 무시해!"

"야, 이걸 어떻게 무시할 수 있냐? 저 새끼가 나를 루키라고 노골적으로 깔아뭉개는데. 그래! 저 녀석에게 한국의 매운 고추 맛을 톡톡히 보여줄 필요가 있겠어."

구현진이 이를 빠드득 갈았다.

"야, 괜히 브라이언트를 상대로 승부해서 큰 거 한 방 맞지 말고."

혼조의 말에 구현진이 약간 서운한 표정으로 말했다.

"왜? 내가 질 것 같아?"

"이기고, 지고의 문제가 아니잖아. 투수는 세 번 싸워서 한 번이라도 얻어맞으면 진다고 내가 몇 번 말해!"

"난 브라이언트를 상대로 세 번 싸워서 세 번 다 이길 자신 있어!"

"아무리 그래도……."

"됐어! 열 받아서 샤워나 해야겠다."

구현진이 큰소리치고는 자리에서 벌떡 일어나 샤워실로 들어갔다.

탕!

그러고는 샤워실을 문을 거칠게 닫아버렸다. 혼조는 그런 구현진의 행동에 걱정이 앞섰다.

"후우, 저러다가 내일 사고 치는 거 아냐?"

혼조는 걱정스러운 눈빛으로 샤워실을 바라보았다. 잠시 후 샤워실에서 물줄기 소리가 들려왔다.

다음 날 구현진은 경기가 시작하기 전에 불펜에서 가볍게 몸을 풀었다.

펑!

"야, 자꾸 볼이 바깥으로 빠지잖아. 집중해서 던져!"

혼조가 공을 건네며 소리쳤다.

"알았어! 저 자식, 괜히 잔소리야."

구현진은 투덜거리며 거칠게 마운드를 골랐다. 그런 구현진의 모습을 유심히 지켜보는 눈이 있었다. 바로 투수코치와 오늘 구현진과 호흡을 맞출 주전 포수 에릭 말도나도였다.

"오늘 구의 어깨가 무거워 보이는데? 포심은 약간 위로 뜨는 느낌이고, 체인지업은 밋밋하고, 다른 구종은 뭐, 그저 그렇고."

투수코치의 말에 에릭 말도나도 역시 가볍게 고개를 끄덕이며 말했다.

"긴장해서 그렇겠죠. 일단 좀 더 지켜보죠."

구현진은 공을 던지는데 자꾸 잡생각이 들었다. 제대로 낚아채지를 못해 체인지업의 변화가 밋밋했다. 뭔가 제대로 집중하지 못하는 듯했다.

혼조는 그런 구현진의 행동이 불만스러웠다.

"야, 너 진짜 집중 안 할래! 체인지업이 왜 이래?"

"알았어, 알았다고!"

구현진이 예민하게 대답했다.

"저 자식이 갑자기 왜 저래? 왜 집중을 못 하고 있어?"

혼조가 걱정스러운 표정으로 중얼거렸다. 오늘 구현진의 공은 평상시의 공과 너무 달랐다. 모든 것이 밋밋했다.

'저 녀석 어제 그 기사를 아직도 신경 쓰고 있나? 무시하라고 했는데…….'

하지만 그런 사실을 모르는 에릭 말도나도는 자신의 눈으로 직접 보고 판단을 내렸다.

"음……. 오늘 구의 컨디션이 별로군. 체인지업도 별로, 그나마 포심이 그럭저럭이네. 오늘은 어쩔 수 없이 포심 위주로 가야 할 것 같군."

에릭 말도나도가 구현진을 보며 오늘의 볼 배합에 대해 생각할 때 구현진이 슬라이더를 던졌다.

펑!

"좋아! 슬라이더 괜찮네."

혼조가 소리쳤다. 구현진 또한 만족감을 드러냈다. 옆에서 지켜보던 에릭 말도나도 역시 가볍게 고개를 끄덕였다.

"체인지업이 좋지 않아 걱정했었는데 슬라이더가 있었네. 오늘은 슬라이더 비중을 좀 늘려야겠어."

에릭 말도나도는 오늘 경기 때 볼 배합을 어떻게 할지 구상을 시작했다.

4.

어느덧 경기 시작 시각이 되었다.

각종 개막전 행사와 시구가 끝나고 구현진이 마운드에 올랐다. 구현진은 팀의 패배를 설욕해야 했다. 그래도 호주 개막전까지 와서 2패를 한 채로 미국에 돌아갈 수는 없었다. 1승 1패로 균형을 맞춰가고 싶었다.

하지만 마이크 오노 감독과 코칭 스태프들은 이길 것이라고는 생각지 않는 듯했다. 그냥 5회까지 2실점으로만 막아주어도 다행이라고 생각하고 있었다.

"편안하게 던져! 편안하게! 5회까지만 막아주면 돼. 알았지?"

마이크 오노 감독이 마운드에 오르는 구현진에게 말했다.

"알겠습니다. 그리고 저 오늘 꼭 이길 겁니다."

구현진이 패기 있게 말하고는 마운드로 향했다. 그 모습을 본 마이크 오노 감독이 고개를 절레절레 흔들었다.

"역시 루키란……."

마이크 오노 감독에게 구현진의 말은 그저 의욕만 앞서는 루키의 허세로 보였다. 이제 갓 메이저리그에 합류한 루키이기에 잘하고 싶어 하는 마음은 이해할 수 있었다. 하지만 자신의 경험상 저런 마음은 오히려 독이 되어 돌아오는 경우가 많았다.

잘하고 싶다는 욕심에 어깨에 힘이 과하게 들어가서 게임을 망치는 투수가 한두 명이 아니었기 때문이다.

오늘도 그리될 것만 같아 불안했다.

"하아……. 5회까지만 버텨도 잘한 거지. 5회까지……."

구현진은 마운드의 흙을 골랐다.

시드니 크라켓 경기장은 야구장으로 개조된 지 얼마 되지 않았다. 게다가 마운드의 흙도 미국에서 공수해 와서 만들어졌다. 그래서 그런지 흙의 질감이 그리 낯설지는 않았다.

팟팟!

구현진은 스파이크로 자신이 내디딜 곳을 파내며 평평하게 다졌다. 10개의 연습구를 던지며 자신의 포지션을 만들어갔다.

그리고 잠시 후 심판의 신호로 경기가 시작되었다.

구현진은 시범경기 때 컵스를 상대해 봤기 때문에 어느 정도 자신감이 있었다.

'그래! 시범경기 때처럼 하면 돼. 시범경기 때처럼.'

구현진이 마운드 위에서 호흡을 골랐다. 그사이 타석에는 컵스의 1번 타자 카일 슈버는 방망이를 돌리며 들어섰다.

포수 에릭 말도나도의 초구 사인은 바로 몸 쪽으로 붙이는 포심 패스트볼이었다. 에릭 말도나도가 타자 쪽으로 한 발 내디디며 앉았다.

구현진이 초구 사인을 받고 가볍게 고개를 끄덕인 후 호흡을 골랐다.

"후우……."

투구판을 밟고 천천히 키킹 동작을 했다. 그리고 포수 미트를 향해 힘차게 공을 던졌다.

후앗!

퍼엉!

"스트라이크!"

카일 슈버가 움찔하며 엉덩이를 뺐다. 하지만 주심은 여지없이 스트라이크를 외쳤다. 카일 슈버가 고개를 갸웃했지만, 다시 타석에 서서 방망이를 돌렸다.

구현진은 2구째 사인을 기다렸다. 그러면서 글러브 안에서는 미리 체인지업 그립을 준비했다. 그런데 에릭 말도나도의 사인은 체인지업이 아니라 슬라이더였다.

'어? 슬라이더? 슬라이더요?'

구현진이 눈을 크게 뜨며 사인을 재차 확인했다. 에릭 말도나도가 고개를 끄덕였다.

"진짜네. 오늘은 구종을 다양하게 가져가려고 하는 건가?"

구현진은 일단 고개를 끄덕인 후 슬라이더 그립으로 고쳐 잡았다. 공을 강하게 움켜쥔 후 힘차게 던졌다.

그 순간 카일 슈버의 방망이가 돌아갔다.

'어? 슬라이더?'

딱!

눈치챘을 때는 이미 방망이가 나간 뒤였다.

손잡이 부분에 맞은 공은 유격수 땅볼이 되었다. 에인절스의 유격수 안드레이 시몬스가 부드러운 동작으로 공을 잡아 1루에 던져 아웃을 만들었다.

2구 만에 첫 타자를 잡아낸 구현진은 마운드를 내려가 로진백을 툭툭 건드렸다. 그사이 2번 타자 벤 러셀이 타석에 들어섰다.

에릭 말도나도는 1번 타자를 상대한 것과 같이 똑같은 패턴으로 볼 배합을 가져갔다. 벤 러셀은 2구째 체인지업을 예상하고 방망이를 휘둘렀다.

그런데 몸 쪽으로 파고드는 슬라이더가 들어오자 순간 당황하며 방망이를 돌렸다. 벤 러셀 역시 유격수 땅볼로 아웃이 되었다.

구현진은 공을 건네받으며 피식 웃었다.

"어라, 두 타자 모두 방망이 궤적이 체인지업에 맞춰져 있네."

구현진은 다시 마운드를 내려가 로진백을 툭툭 건드렸다. 그리고 컵스에서 가장 기피해야 할 상대, 리노 브라이언트가 오른쪽 타석에 들어섰다.

195㎝의 큰 키에 긴 리치를 자랑하는 리노 브라이언트는 바깥쪽 낮은 공도 잘 때려냈다.

리노 브라이언트는 3년 연속 20홈런에 세 자릿수 안타를 기록하고 있었다. 작년에는 발목 부상으로 조금 부진했지만, 현재는 다 나은 상태였다.

시범경기에서는 한 타석이라도 더 들어가기 위해 2번 타순에 배치됐지만, 시즌이 시작되면서 다시 자신의 자리인 3번 타순으로 돌아왔다.

부웅!

리노 브라이언트가 타석에 들어서며 방망이를 강하게 몇 번 휘둘렀다. 그리고 타격 자세를 잡으며 구현진을 매섭게 노려보았다.

구현진 역시 어제 본 기사의 영향으로 리노 브라이언트를 좋지 않게 생각했다. 눈을 가늘게 뜨며 리노 브라이언트를 노려보았다.

"네 녀석에게만은 절대 지지 않아!"

구현진이 에릭 말도나도의 사인을 기다렸다. 초구는 몸 쪽으로 파고드는 슬라이더였다.

"어? 초구부터 슬라이더?"

구현진이 에릭 말도나도의 볼 배합에 살짝 당황했다. 그러나 고개는 흔들지 않았다. 지금은 에릭 말도나도의 리드를 믿고 던지고 싶었다.

구현진이 투구를 위해 발판을 밟았다. 글러브 안에서 슬라이더 그립을 잡았다. 그사이 에릭 말도나도가 리노 브라이언트의 몸 쪽으로 한 발짝 움직였다.

구현진이 미트를 보고 힘껏 던졌다.

후앗!

공이 몸 쪽으로 빠르게 날아갔다. 리노 브라이언트 역시 방망이를 힘껏 돌렸다.

퍼엉!

구현진이 던진 공이 몸 쪽으로 휘며 들어갔고, 포심 패스트볼로 예상했던 리노 브라이언트는 헛스윙했다.

"쳇! 초구부터 변화구네."

리노 브라이언트가 타석에서 벗어나 방망이로 자신의 스파이크를 톡톡 두드렸다. 구현진을 노려본 후 다시 타석에 들어섰다.

2구는 바깥쪽에 살짝 걸치는 포심 패스트볼이었다. 구현진은 고개를 가볍게 끄덕인 후 키킹 동작으로 바로 들어갔다.

후읏!

퍼어엉!

묵직한 소리와 함께 구현진이 던진 공이 정확하게 포수의 미트에 들어갔다.

"스트라이크!"

주심의 콜과 함께 구현진이 입꼬리를 올렸다. 공을 건네받은 구현진이 피식 웃었다. 단 공 2개로 2스트라이크를 잡아서 볼 카운트를 유리하게 이끌어냈다.

이대로 헛스윙을 유도해 삼진을 잡아내면 첫 타석에서는 승리할 수 있을 것 같았다.

'뭐야, 잔뜩 큰소리치더니…….'

구현진의 마음속에 강한 자신감이 생겨났다.

그때 에릭 말도나도가 사인을 보냈다. 에릭 말도나도의 사인은 바깥쪽으로 낮게 원 바운드 되는 체인지업이었다.

'어? 저건 아니지.'

구현진이 처음으로 고개를 가로저었다.

자신의 주무기인 체인지업을 이렇게 버리는 식으로 사용하고 싶진 않았다.

에릭 말도나도가 눈을 크게 떴다.

'뭐야. 그럼 어떻게 하겠다는 거야? 뭘 원해?'

'직진으로 가야죠.'

'훗! 브라이언트랑 정면 승부를 한번 해보겠다는 거야? 그래. 뭘 보여주고 싶어?'

구현진이 피식 웃으면서 사인을 보냈다.

'남자라면 당연히 포심이죠!'

에릭 말도나도가 고개를 끄덕이며 미트를 들었다. 우타자의 가슴팍을 공략하는 몸 쪽 높은 코스였다. 구현진이 자신만만하게 고개를 끄덕였다.

고등학교 때도 자신 있게 던져왔고, 지금까지 저 코스로 수없이 많은 강타자를 헛스윙 삼진으로 돌려세웠다. 구현진은 당연히 저 코스라면 리노 브라이언트를 헛스윙 삼진으로 잡을 것으로 믿어 의심치 않았다.

'네 녀석이 감히 날…….'

구현진은 이를 악물며 힘차게 공을 던졌다. 공이 날아가는 코스 역시 정확했다. 에릭 말도나도도 기가 막히게 날아오는 공을 보고, 이건 삼진이라고 확신했다.

그런데…….

갑자기 리노 브라이언트의 방망이가 미트 앞에 나타났다.

그리고 구현진의 공을 어렵지 않게 때려냈다.

딱!

공이 우측 방향으로 쭉 날아갔다. 구현진의 고개가 홱 돌아갔다. 이대로 공이 날아간다면 홈런이 될 것이 분명했다.

'아, 안 돼…….'

구현진이 마음속으로 애타게 소리쳤다.

리노 브라이언트는 마치 홈런이라도 때린 것처럼 방망이를 던진 후 가볍게 1루로 뛰어갔다. 그런데 어느 순간 인상을 굳히며 달리기 속도를 높이기 시작했다.

그사이 공은 펜스 상단에 맞고 튕겨 나왔다. 공이 크게 바운드 되어 우익수 키를 넘겨 뒤로 굴러갔다. 에인절스의 우익수 캐릭 칼훈이 당황하며 몸을 돌려 공을 쫓아갔다.

그때 리노 브라이언트는 2루를 지나 3루를 향해 뛰어가고 있었다. 캐릭 칼훈이 몸을 돌려 공을 잡으려고 했다. 그러다가 발이 꼬여 왼발로 그만 공을 툭 치고 말았다. 공은 다시 중견수 방향으로 굴러갔다.

리노 브라이언트는 3루 베이스를 밟기 위해 속도를 줄였다. 그런데 주루코치가 멈추라는 사인 대신 팔을 계속 돌리고 있었다.

'뭐? 달리라고?'

리노 브라이언트는 주루코치의 사인에 따라 3루 베이스를 밟고 홈으로 뛰어갔다. 이대로 홈 플레이트를 터치하면 '인 사이드 더 파크 홈런'이 되는 것이었다.

리노 브라이언트의 시선은 홈 플레이트에 고정되었다. 포수 에릭 말도나도는 공을 받기 위해 앞으로 나가 있었기 때문에 이미 홈 플레이트는 비어 있었다.

이대로 달려가 홈 플레이트를 터치만 하면 되었다. 무주공산이나 마찬가지였다. 그때 갑자기 포수 에릭 말도나도의 발이 홈 플레이트를 블로킹했다.

'뭐, 뭐야? 비켜! 비키라고! 감히 내가 가는 길을 막아서!'

리노 브라이언트가 인상을 찌푸렸다. 하지만 마음속 외침과 달리 에릭 말도나도는 피할 생각이 없었다. 오히려 몸을 돌려 미트를 들이밀고 있었다.

'마, 말도 안 돼! 벌써 공이 날아왔단 말이야? 벌써?'

리노 브라이언트가 에릭 말도나도의 태그를 피하고자 슬라이딩을 시도했다. 태그를 피해 저 다리 뒤에 있는 홈 플레이트를 터치하면 끝이었다.

좌라라락!

쿵!

"으악!"

에릭 말도나도가 태그를 시도한 손이 그만 리노 브라이언트의 왼쪽 어깨와 부딪쳤다. 그와 동시에 에릭 말도나도의 비명이 들려왔다.

에릭 말도나도는 잔뜩 인상을 찌푸린 후 미트를 든 손을 주심에게 보여주었다. 그러자 주심은 주먹을 쥐며 소리쳤다.

"아웃!"

주심의 콜이 강하게 울려 퍼졌다. 에릭 말도나도는 그 소리를 듣고 재빨리 자신의 오른쪽 손목을 감싸며 괴로워했다. 에인절스의 더그아웃에서 재빨리 코치와 트레이너가 뛰쳐나왔다.

리노 브라이언트는 슬라이딩하고 난 후 무릎을 꿇었다. 그 상태로 가쁜 숨을 몰아쉬었다.

"하아, 하아. 아웃이라고?"

첫 인 사이드 더 파크 홈런을 기록할 뻔한 순간이었다. 하지만 안타깝게도 그 기록이 날아갔다.

리노 브라이언트는 방금 전의 일을 생각했다.

'왜? 분명 홈 플레이트는 비었는데? 주루코치의 팔이 돌아갔다고!'

리노 브라이언트가 벌떡 일어나 주심에게 항의했다.

"세이프 아니에요? 그리고 포수가 공이 오기 전에 먼저 홈 플레이트를 막았어요!"

리노 브라이언트는 방금 에릭 말도나도가 취한 행동이 엄연히 '홈 충돌 방지법'에 위배된다고 생각했다.

2014년부터 메이저리그에서는 '홈 충돌 방지법'을 시행했다.

일명 '버시티 포지법'으로도 불리는데 자이언츠 포수 버시티 포지가 2011년 홈에서의 충돌로 인해 정강이뼈와 양쪽 발목 인대 파열의 큰 부상을 당하면서 오랜 논란과 논의 끝에 결국 2014년 2월에 홈 플레이트 충돌에 관한 새 조항이 생겼다.

먼저 주자는 포수나 홈 플레이트에 있는 다른 선수와 충돌하기 위해 주로를 벗어나선 안 된다. 그리고 포수는 공을 갖고 있지 않을 때 주자의 주로를 막아선 안 되며 마지막으로 충돌 규정 위반을 확인하기 위해 비디오 판독을 할 수 있다.

그 규정을 숙지하고 있던 리노 브라이언트는 주심에게 강한 어조로 말했다.

"자세히 봐요! 포수가 공이 오기도 전에 먼저 블로킹했어요."

"아니야, 공을 받은 후 홈 플레이트를 블로킹했어."

"노우! 아니에요! 미리 막았어요."

"아니라니까!"

리노 브라이언트는 한동안 주심과 언쟁을 펼쳤다. 그사이 컵스의 더그아웃도 분주하게 움직였다. 컵스의 조쉬 매든 감독이 비디오 판독을 요청하려고 코치를 불렀다.

"확인해 봐."

"네."

수석코치가 뒤로 가서 전화기를 들었다. 그리고 조쉬 매든 감독이 곧바로 주심에게 뛰어갔다.

"브라이언트!"

"감독님."

리노 브라이언트는 조쉬 매든 감독이 나타나자 뒤로 물러났다. 이번에는 조쉬 매든 감독이 주심과 언쟁을 벌였다.

그사이 에릭 말도나도는 트레이너와 얘기를 나누며 치료를 받고 있었다. 파스 스프레이를 오른쪽 팔목에 뿌리고 있었다.

"어때? 움직일 수 있겠어?"

에릭 말도나도가 인상을 찡그렸다. 잠시 손목을 몇 번 움직여 보더니 곧이어 괜찮다는 신호를 보냈다.

"다행이네, 그래도 이상하면 언제든지 얘기해."

"알았어."

그때까지도 조쉬 매든 감독은 주심과 이야기하고 있었다.

"다시 한번 확인해 주면 안 되겠어?"

그 뒤에 서 있는 리노 브라이언트는 억울하다는 표정을 짓고 있었다.

그런데 관중들의 함성이 들려왔다.

"홈런! 홈런! 홈런! 홈런!"

호주의 관중들은 유일하게 알고 있는 슈퍼스타 리노 브라이언트의 손을 들어주며 계속 소리쳤다. 마운드에 있던 구현진은 그런 관중들의 모습이 어이없었다.

"아놔, 저 새끼들 계속 억지를 부리네. 아무리 이름난 슈퍼스타라고 해도 저러면 안 되지! 그보다 말도나도는 괜찮나?"

구현진은 한쪽에서 치료를 받고 있는 에릭 말도나도를 걱정스럽게 지켜보았다.

조쉬 매든 감독과 언쟁하던 주심은 조쉬 매든 감독을 무섭게 노려보았다.

"공을 받고 블로킹했어."

"아니라니까!"

"그럼 비디오 판독 요청할 거야? 그게 아니면 어서 돌아가!"

"너무하네!"

"뭐가 너무해! 난 제대로 확인했어. 비디오 판독 요청할 거야, 말 거야?"

주심의 단호한 말에 조쉬 매든 감독이 힐끔 더그아웃 쪽으로 시선을 두었다.

"할 거야, 말 거야! 자꾸 이렇게 시간 끌면 퇴장시킬 거야."

그 소리에 조쉬 매든 감독의 얼굴이 굳어졌다. 그때 수석코치가 두 팔을 교차해 엑스 자로 만들었다.

주심의 판정이 맞았던 모양이다. 조쉬 매든 감독이 고개를 끄덕였다.

"오케이! 알았어, 이해했어. 브라이언트, 가지."

조쉬 매든 감독이 리노 브라이언트를 데리고 더그아웃으로 돌아갔다. 리노 브라이언트는 돌아가면서 구현진에게 시선을 보냈다.

하지만 구현진은 이미 에인절스 더그아웃으로 들어가고 있었다.

그때 전광판에서는 계속해서 조금 전 상황이 리플레이되고 있었다. 리노 브라이언트의 시선이 그곳으로 향했다.

중계진도 조금 전 벌어졌던 것을 리플레이로 돌려보고 있었다.

-아! 브라이언트……. 첫 인 사이드 홈런이 이렇게 날아가는군요.

-네, 정말 안타깝습니다. 지금 리플레이되고 있거든요. 자, 보시겠습니다.

-구가 던진 몸 쪽 높은 코스의 공을 정말 잘 때렸죠. 홈런이 될 것 같았지만, 펜스 상단에 맞고 튕겨 나왔어요. 그런데 여기서부터 상황이 이상하게 돌아갔습니다.

-네, 맞습니다. 펜스 상단에 맞고 튕겨 나온 공이 우익수 캐릭 칼훈 선수의 키를 넘어갔어요. 게다가 그 공을 줍기 위해 달려가던 캐릭 칼훈의 다리가 꼬이면서 왼발로 그 공을 또 차 버렸죠.

-그뿐만이 아니었습니다. 그사이 브라이언트는 3루로 내달

렸어요. 공은 굴러서 중견수 쪽으로 향했고요. 그런데 바로 이 장면. 지금 리플레이로 보시는 장면에서 아주 기막힌 일이 벌어졌어요. 중견수 매니 트라웃이 도와주기 위해 우익수 자리로 뛰어갔던 겁니다. 하필 그곳으로 공이 굴러가 매니 트라웃이 잡을 수 있었어요.

그리고 강한 어깨로 포수 에릭 말도나도에게 정확한 송구! 첫 인 사이드 더 파크 홈런을 기록할 뻔했던 리노 브라이언트는 아쉽게도 아웃이 되고 말았습니다.

-정말 안타깝습니다. 대 기록을 세울 뻔했는데 말이죠.

-브라이언트, 많이 속상하겠는데요?

-하지만 구는 가슴을 쓸어내렸을 것입니다.

어쨌든 판정 번복 없이 쓰리아웃이 되며 공수가 교대되었다. 혼조 옆에 앉은 구현진이 콧김을 내뿜었다.

"성깔 더러운 녀석인 줄은 알았지만, 저 정도인 줄은 몰랐네. 딱 봐도 아웃인데 우기긴. 게다가 우리 포수는 치료까지 받았다고!"

구현진이 소리치자 혼조가 나서서 달랬다.

"신경 쓰지 마. 저런 퍼포먼스는 누구나 다 할 수 있는 거야. 관중들에게는 서비스일지는 몰라도, 우리에게는 정규 경기야. 넌 던지는 것에만 신경 써!"

"알았어. 그보다 말도나도는 괜찮나?"

구현진이 중얼거리며 포수 에릭 말도나도에게 시선을 보냈다. 에릭 말도나도는 트레이너와 얘기를 주고받으며 오른쪽 팔목을 계속해서 어루만졌다.

그리고 트레이너에게 괜찮다며 고개를 끄덕였다. 트레이너는 무리하지 말고 이상이 있으면 언제든지 말하라고 한 뒤 물러갔다. 그사이 에인절스의 1회 말 공격이 시작되었다.

컵스의 2차전 선발 투수인 조 렉키가 올라왔다.

조 렉키는 빠른 공으로 내·외각을 공략하며 에인절스의 타자들을 요리했다. 결국, 1회 말을 깔끔하게 3자 범퇴로 막고 유유히 마운드에서 내려왔다.

구현진이 모자와 글러브를 챙겨서 일어났다.

"잘 던지고 와."

옆에서 혼조가 파이팅을 해주었다.

구현진이 피식 웃으며 말했다.

"오냐, 잘하고 오마!"

구현진이 호기롭게 마운드를 향해 나아갔다.

그러나 혼조의 응원과 달리 구현진은 컵스의 4번 타자 엔소니 조브리스트를 상대로 고전하였다.

퍼엉!

"볼!"

결국, 포심 패스트볼이 바깥쪽으로 빠지며 첫 번째 볼넷을 허용하고 말았다.

"젠장!"

구현진이 허리를 숙이며 안타까워했다.

그리고 무사 1루인 상황에서 5번 크리스 리조를 맞이했다. 크리스 리조 역시 큰 거 한 방이 있는 타자였다.

에릭 말도나도는 외각에 걸치는 까다로운 사인을 냈다.

크리스 리조의 큰 거 한 방을 조심하자는 의도였다. 하지만 스트라이크가 되어야 할 공이 자꾸 볼이 되었다.

결국 스트라이크를 잡으러 들어갔던 공을 크리스 리조가 놓치지 않고 잡아당겨 우익수 방면 안타를 만들었다.

결국 무사 1, 2루 실점 위기에 놓였다.

-아, 구! 2회 들어와서 갑자기 제구가 흔들리는데요.

-볼넷과 안타. 무사 1, 2루 위기입니다. 과연 구는 여기서 위기 관리 능력을 보여줄 것인지.

-컵스의 6번 에디슨 헤이워드를 상대하겠습니다.

중계진이 말이 아니더라도, 구현진 본인도 오늘 자신의 투구 내용이 마음에 들지 않았다.

"오늘 공이 왜 이러지?"

구현진은 애꿎은 마운드를 스파이크로 찼다. 그사이 에디슨 헤이워드가 타석에 들어섰다.

구현진은 마음을 다잡고는 사인을 기다렸다.

초구 사인은 몸 쪽 포심 패스트볼이었다. 구현진은 사인대로 미트를 향해 힘껏 던졌다. 에디슨 헤이워드가 기다렸다는 듯이 시원하게 방망이를 돌렸다.

딱!

초구를 건드린 에디슨 헤이워드가 방망이를 바닥에 내팽개쳤다. 공은 하늘 높이 치솟으며 3루 쪽으로 날아갔다.

3루수 파누 에스코바가 전력을 다해 뛰어 파울라인을 벗어난 공을 쫓았다.

결국, 에인절스 더그아웃 앞까지 달린 그는 파울 볼을 낚아채며 아웃을 만들어냈다.

구현진으로서는 다행히 공 하나로 아웃카운트를 하나 번 셈이었다.

에디슨 헤이워드가 안타까워하며 컵스 더그아웃으로 걸어갔다.

그렇게 무사 1, 2루에서 1사 1, 2루가 되었다.

하지만 위기는 여전히 계속되었다.

"침착하자! 막을 수 있어. 어깨에 힘을 빼고."

구현진은 스스로 주문을 외우듯 계속해서 중얼거렸다.

컵스의 7번 타자 제이슨 콘트레라스가 타석에 들어섰다. 그는 초구 바깥쪽으로 빠지는 볼을 지켜보았다. 그리고 2구째 몸 쪽으로 휘어 들어오는 슬라이더를 때렸다.

딱!

빨랫줄 같은 타구가 유격수 안드레이 시몬스에게 향했다. 안드레이 시몬스가 그것을 점프하여 낚아챘다.

-와우! 안드레이 시몬스의 호수비! 구를 도와주고 있습니다.

-이게 빠졌으면 2루 주자는 당연히 들어왔겠죠. 선취점은 컵스에게 돌아갔을 것입니다. 하지만 시몬스의 환상적인 수비로 실점을 막았어요.

-시몬스가 구현진의 부담을 덜어줍니다.

중계진도 감탄하고, 구현진 역시 손뼉을 치며 안드레이 시몬스에게 고마움을 표시했다. 안드레이 시몬스는 메이저리그 유격수라면 당연하다는 듯 아무렇지 않게 공을 돌렸다.

"후우……. 큰일 날 뻔했네. 슬라이더가 제대로 꺾이지 않았어. 오늘 정말 왜 이러지?"

구현진이 공을 매만지며 자책을 했다. 그사이 에릭 말도나도는 계속해서 오른쪽 팔목에 신경을 썼다. 하지만 구현진은 그것을 보지 못했다.

8번 윌슨 바에즈가 타석에 들어섰다.

무사 1, 2루의 위기에서 수비의 도움을 받아 2아웃까지 잡은 상황. 물론 여전히 득점권에 주자가 있어 방심은 금물이었으나, 구현진으로서는 그래도 어느 정도 숨통이 트이는 듯했다.

"한 타자만 잡으면 된다. 한 타자만."

구현진은 사인을 받고, 1루 주자와 2루 주자를 번갈아 보았다. 그들은 여전히 리드를 넓게 가져가지 않았다. 그다지 발이 빠른 선수들이 아니라, 도루할 염려는 적었다.

구현진이 에릭 말도나도의 사인에 따라 공을 던졌다.

따악!

윌슨 바에즈가 3구째 하이 패스트볼을 때렸고 타구는 중견수 방향으로 날아갔다.

중견수 매니 트라웃이 재빨리 뒤쪽으로 뛰어갔다. 그리고 워닝트랙 앞에서 멈추며 공을 잡아냈다.

이로써 구현진은 팀원들의 도움을 받아 무사 1, 2루의 위기를 넘겨냈다.

-구가 2회 초 첫 타자 볼넷. 두 번째 타자를 안타로 내주며 무사 1, 2루의 위기를 맞았지만, 후속 타자를 깔끔하게 막아내며 스스로 위기를 벗어났습니다.

-그렇습니다. 어린 루키인데 어떻게 저런 배짱이 있죠? 타자

와 과감하게 승부를 펼쳤어요. 하지만 제구력을 찾지 못하면 또다시 위험을 맞이하게 될 것입니다.

-3회 초에는 좀 더 안정감 있는 투구를 할 수 있기를 기대해 봅니다.

구현진은 더그아웃으로 돌아와 벤치에 털썩 주저앉았다. 긴 한숨을 내쉬며 중얼거렸다.

"후우, 힘들다."

옆에 있던 수건으로 땀을 닦고 있을 때 혼조가 다가왔다.

"왜 그래? 제구가 전혀 안 되잖아. 컨디션이 별로야?"

"나도 모르겠어. 왜 이렇게 집중이 안 되지? 날이 더워서 그러나?"

"그럴지도, 일단 호흡을 크게 하면서 진정 좀 해 봐."

혼조의 말에 구현진이 크게 호흡했다. 그런데 혼조가 포수 에릭 말도나도를 쳐다보며 중얼거렸다.

"그런데 말도나도는 정말 괜찮나?"

그런데 구현진은 자기 투구에만 신경을 쓰고 있어서 혼조가 말하는 것을 듣지 못했다. 혼조는 에릭 말도나도에게서 시선을 떼지 않았다. 같은 포수라서 그런지 오른손을 만지고, 얼음찜질하는 에릭 말도나도가 걱정이 되었다.

"괜찮을라나? 부상인 것 같은데……."

그때 마이크 오노 감독도 걱정이 되는지 에릭 말도나도에게 다가갔다. 에릭 말도나도는 아이싱을 하고 있었다.

“손목 괜찮아? 힘들면 바꿔줄까?”

“아니요, 시즌 하다 보면 이런 잔부상쯤은 매일 겪는 일인데요. 참을 만해요.”

“그래? 하지만 언제든지 불편하면 말하고.”

“네, 감독님.”

에릭 말도나도가 미소를 지으며 말했다. 마이크 오노 감독이 고개를 끄덕이며 자신의 자리로 돌아갔다. 마이크 오노 감독이 가자 에릭 말도나도의 표정이 갑자기 굳어졌다.

‘이제 시즌 초반인데. 부상 때문에 빠질 수는 없지.’

에릭 말도나도도 이제 막 시즌이 시작되었는데 부상으로 자신의 자리를 빼앗기고 싶지 않았다. 그는 실력 있는 포수들이 트리플 A에서 기회를 엿보고 있다는 사실을 누구보다 잘 알고 있었다.

부상으로 내려간 뒤, 다시 올라오지 못하는 선수를 한두 번 본 것이 아니었다. 부상이 다 나았을 땐 이미 더 잘하는 선수가 자리를 차지하곤 했다. 그것이 메이저리그였다.

에릭 말도나도 역시 그런 식으로 주전 자리를 차지했기에 그는 쉽게 교체되고 싶지 않았다.

‘참을 만해. 이 정도로 안 죽는다고.’

에릭 말도나도가 질근 입술을 깨물었다. 이런 부상쯤, 아무것도 아니었다.

한편, 조쉬 매든 감독도 구현진의 투구를 보고 고개를 갸웃했다. 지난 시범경기 때 보여준 기량과 전혀 다른 모습이었다.

"오늘 구의 투구는 별로네."

그러자 옆에 있던 수석코치가 끼어들었다.

"아무래도 브라이언트의 퍼포먼스에 마음이 흔들렸거나, 얼었나 보죠."

"확실히 그럴 수도 있겠군. 아무리 대단해도 루키라 이건가."

"감독님의 작전이 주요했네요."

수석코치가 피식 웃었다. 조쉬 매든 감독 역시 고개를 끄덕이며 미소를 지었다.

오늘 경기에 나서기 전 조쉬 매든 감독은 리노 브라이언트에게 구현진을 흔들어놓으라고 주문했었다. 리노 브라이언트 역시 동조를 하였고, 경기가 있기 전 인터뷰부터 도발적으로 했었다.

이 모든 것이 조쉬 매든 감독과 리노 브라이언트가 미리 정해놓은 퍼포먼스였던 것이다. 인터뷰를 시작으로, 홈에 슬라이딩하고 주심에게 항의하는 것까지 리노 브라이언트가 일부러 오버한 것이었다.

"아무튼, 이대로 가면 금방 점수를 뽑을 수 있을 것 같은데요?"

"그래야지. 그러라고 한 작전인데."

조쉬 매든 감독이 실실 웃었다.

구현진이 고전하며 어렵사리 마운드를 지키는 반면 컵스의 조 렉키는 힘들지 않게 에인절스의 타선을 상대하고 있었다. 2회 말 에인절스의 공격은 4번 타자 알버트 푸홀부터 시작되었다.

한동안 무릎 부상으로 고생했던 알버트 푸홀은 완쾌 후에도 전성기의 기량을 회복하지 못했다. 적지 않은 나이 때문이라는 말이 있었지만, 여전히 뛰어난 선구안과 뛰어난 야구 센스로 에인절스의 4번 자리를 맡고 있었다. 그래서 지금까지 에인절스의 4번 타자를 맡고 있는 것이었다.

그러나 이번에는 조 렉키에게 완벽하게 틀어 막혔다. 3구까지 잘 골라낸 알버트 푸홀은 4구째 변화구를 건드렸고, 그것이 우익수 방향 뜬 공이 되며 아웃 되고 말았다.

그다음 타자인 5번 캐릭 칼훈이 타석에 들어섰다. 지난 이닝 때 자신의 실수로 리노 브라이언트에게 인 사이드 더 파크 홈런을 안길 뻔했었다.

그 실수를 만회하기 위해 공격적인 자세로 나섰지만, 5구 만에 헛스윙 삼진으로 물러났다.

6번 루이스 발부에나는 3루수 정면으로 향하는 타구를 때려내며 아웃. 2회 말 에인절스의 공격은 1회 초와 마찬가지로 삼자범퇴로 끝났다.

3회 초 구현진이 마운드에 올랐다.

첫 타자는 9번 호렛 솔레어였다. 그런데 초구를 받은 에릭 말도나도의 미트질이 조금 이상했다. 제대로 된 포구를 하지 못하고 자꾸만 흘렸다.

정확히 말을 하며 포구를 하고 멈춰야 하는데, 버티질 못하고 자꾸만 팔이 아래로 떨어졌다. 게다가 아슬아슬하게 던진 공은 자꾸만 볼 판정을 받았다.

이에 구현진은 고개를 갸웃했다.

“어? 이상하네. 내 공이 빠지나?”

구현진은 2회부터 자신의 제구력에 문제가 있다고 생각했다. 그런데 3회 초에도 마찬가지였다. 제구력이 흔들리며 스트라이크보다 볼 판정이 많아졌다.

주심 역시 눈빛이 이상했다. 그는 에릭 말도나도가 장난을 치는 것처럼 여겼다. 왜냐하면, 스트라이크가 될 공을 자꾸 볼로 만들어 버리고 있었기 때문이었다.

무슨 이유인지는 모르겠지만, 주심들은 이런 식으로 장난을 치는 포수를 정말 싫어했다.

‘지금 나랑 장난하는 거야? 그래! 그런 식으로 나온다면 나도 방법이 있지.’

주심이 그런 결심을 한 후 스트라이크존에 들어온 공도 볼로 선언을 해버렸다.

이래저래 구현진은 힘든 투구를 하고 있었다.

-어? 저게 볼인가요?

-그러게요. 화면상으로는 들어온 것으로 나오는데……. 주심은 볼을 선언하네요.

-오늘따라 주심의 스트라이크존이 짜다고 볼 수 있겠죠?

-꼭 그렇지만은 않아요. 상대 팀 조 렉키의 투구는 같은 공이라도 잡아주고 있습니다.

-아, 그래요?

-그런데 잘 보시면 에릭 말도나도가 오른손 손목을 자꾸 만지는 장면이 나오지 않습니까?

-아! 그렇군요. 아무래도 1회에서 있었던 충돌로 부상을 입은 것이 아닐까요? 그래서 공을 잡을 때 매끄럽지 않을 수도 있겠습니다.

-그렇다면 빨리 교체해야죠. 저렇게 부상을 숨기면 안 됩니다. 아! 이번 공도 볼 판정 받았네요. 자꾸 저런 식의 포구를 하면 주심도 별로 좋아하지 않습니다. 이제 저 코스로 들어오는 공은 전부 볼로 판정할지도 모릅니다.

중계진의 예상대로 주심은 똑같은 코스로 들어온 공에 여지없이 볼 판정을 내려 버렸다.

결국, 볼넷으로 타자가 1루에 걸어 나갔다. 원래라면 삼진이었을 투구였다. 순간 구현진은 어이가 없었다.

"지금 뭐 하는 거야? 분명 스트라이크였다고! 1회에도 잡아줬던 코스인데 왜 안 잡아주는 건데!"

구현진이 강하게 소리쳤다. 하지만 주심은 못 봤다는 표정을 지었다. 그 모습을 중계진이 보고 한마디씩 했다.

-아, 구. 저러면 안 되죠. 주심을 자극할 필요가 없어요.

-맞습니다. 투수는 평정심을 유지해야 합니다.

포수 에릭 말도나도가 타임을 불렀다. 그리고 곧바로 구현진에게 다가갔다.

"진정해!"

"아니, 스트라이크를 잡아주던 공을 안 잡아주잖아요."

"오늘 주심이 좀 이상한가 보네. 괜찮으니까 타자에게 신경 써! 다음 타자를 잡으면 되는 거야."

"……알겠어요."

에릭 알도나도가 달래주자 구현진이 마지못해 고개를 끄덕였다. 다시 마운드에 오른 구현진은 흙을 고른 후 심호흡을했다. 타순이 한 바퀴 돌아, 타석에는 1번 타자 카일 슈버가 들어섰다.

구현진이 아슬아슬한 코스로 초구를 던졌지만 카일 슈버의 방망이는 꿈쩍도 하지 않았다. 아무래도 현재 구현진의 제구가 흔들리기 때문에 대놓고 스트라이크로 들어오는 공이 아닌 이상 선불리 공격하지 말라는 지시가 내려온 모양이었다.

'이거 참 난감하네…….'

2구째 공도 볼 판정을 받자 구현진은 인상을 구겼다. 이렇듯 자기 뜻대로 던져지지 않았던 적이 없었다.

결국, 구현진은 2번 벤 러셀마저도 5구 만에 볼넷을 허용하고 말았다.

악재는 거기서 끝나지 않았다. 2번 타자 역시 주심의 석연치 않은 판정으로 볼넷이 되며 구현진은 순식간에 무사 만루의 위기에 놓였다.

2회 초에는 무사 1, 2루. 3회 초에는 무사 만루.

심판의 이해할 수 없는 스트라이크-볼 판정으로 구현진은 계속해서 위기로 몰리고 있었다.

"젠장!"

구현진은 연속해서 3명의 타자에게 볼넷을 내주자 얼굴을 굳혔다. 마이크 오노 감독의 표정 또한 좋지 않았다. 그런데도 벤치에서는 그 어떤 움직임도 없었다.

참다못한 수석코치가 나섰다.

“감독님, 한 번 나가봐야 하지 않겠습니까?”

“괜찮아. 투수는…….”

“하지만 연속으로 볼넷을 내줬습니다. 아무래도 루키라 많이 긴장한 모양입니다. 올라가서 한마디 해주는 것이 좋을 것 같습니다.

“그렇게 하지 않아도 돼! 그냥 내버려 둬. 이 순간을 스스로 넘기지 못하면 크지 못해.”

“그러나 저렇게 제구가 잡히지 않아서는…….”

“괜찮다니까. 그냥 위기 대처 능력을 본다고 생각해.”

“아, 알겠습니다.”

수석코치가 물러섰다. 마이크 오노 감독은 표정 변화없이 상황을 지켜보았다.

에릭 말도나도의 시선이 더그아웃 쪽으로 향했다. 뭔가 지시를 내려줄 것만 같았지만, 반응이 없었다. 그래서 에릭 말도나도도 그냥 자리에 있었다.

구현진은 잠시 마운드를 내려가 호흡을 골랐다.

‘진정하자! 진정해!’

하지만 생각하면 할수록 억울했다. 스트라이크가 될 공을 자꾸 볼로 잡으니 던질 만한 곳이 없었다. 그렇다고 한가운데로 던지면 장타를 맞게 될 것 같았다.

그래서 계속해서 코너웍에 신경을 썼지만…….

"이제 물러설 곳도 없네. 게다가 저 녀석이 상대라면……."

오늘 두 번째 상대하는 리노 브라이언트가 타석에 들어섰다. 이제는 볼넷도 주지 못하고, 꼼짝없이 승부를 펼쳐야 했다. 물론 정면 승부를 구현진도 바라고 있었다.

리노 브라이언트가 방망이를 들고 천천히 걸어 나왔다. 그의 눈은 매섭게 빛나고 있었다. 방망이를 돌릴 때마다 거친 바람이 일렁거렸다.

구현진도 마운드에 우뚝 선 채 리노 브라이언트에게서 시선을 떼지 않았다. 첫 번째 상대할 때와는 사뭇 다른 긴장감이 맴돌았다.

에릭 말도나도 역시 긴장한 얼굴로 리노 브라이언트를 힐끔거렸다. 그리고 천천히 사인을 냈다.

'초구는 바깥쪽에 걸치는 슬라이더.'

구현진이 눈빛을 반짝이며 고개를 끄덕였다. 투구판을 밟고 서서 슬라이더 그립을 말아 쥐었다. 그다음으로 천천히 키킹 동작을 취하더니 힘차게 오른발을 내차며 공을 던졌다.

후앗!

공은 바깥쪽으로 날아갔다. 그런데 구현진이 던진 공이 바깥쪽으로 조금 빠져서 날아왔다. 하지만 에릭 말도나도의 미트는 그 자리에서 꿈쩍도 하지 않았다.

리노 브라이언트의 방망이가 반응을 보였다. 스트라이크존에서 살짝 벗어나는 공이지만 자신의 긴 리치라면 충분히 건드릴 만했다.

힘만 충분히 전달한다면 장타를 기대할 수 있을 정도였다.

'기회가 오면 놓치지 않는나.'

리노 브라이언트가 첫 번째 초구에 이어, 두 번째 타석에서도 초구를 노리고 들어갔다.

그러나 백도어성으로 들어오는 구현진의 슬라이더에 리노 브라이언트가 눈을 크게 떴다. 그는 조금 당황하긴 했으나 방망이를 멈추지는 않았다.

오히려 에릭 말도나도가 당황하며 자신도 모르게 미트를 조금 앞으로 내밀었다.

리노 브라이언트 역시 방망이를 크게 휘둘렀다. 그 순간 에릭 말도나도의 미트 웹 부분에 방망이가 스쳤다.

퍼엉!

공은 미트에 들어가 스트라이크가 되었지만, 에릭 말도나도는 오른쪽 손목을 감싸며 앞으로 꼬꾸라졌다.

"으윽……."

옅은 신음을 내뱉으며 괴로워했다. 그러자 리노 브라이언트가 살짝 놀라며 뒤로 물러났다.

"어? 왜 그래? 난 아무 짓도 안 했어."

리노 브라이언트는 방망이로 때리지 않았다고 하며 뒤로 물러났다.

그사이 에인절스 더그아웃에서 재빨리 트레이너가 뛰쳐나왔다. 그러고는 오른쪽 손목을 부여잡으며 고통에 겨워하는 에릭 말도나도에게 파스 스프레이를 뿌려주었다.

하지만 에릭 말도나도의 표정은 밝아지지 않았다. 트레이너가 팔목을 잡자 오히려 자지러지는 비명을 내질렀다.

구현진 역시 곧바로 에릭 말도나도에게 다가갔다. 잔뜩 걱정스러운 시선으로 바라봤다.

"괜찮아?"

트레이너의 물음에도 에릭 말도나도는 쉽게 답을 주지 못했다. 그저 인상만 잔뜩 쓴 채 신음만 흘렸다.

"이거 안 되겠는데?"

트레이너는 에릭 말도나도의 상태가 심각하다고 보고 곧바로 더그아웃을 향해 손을 엑스 자로 만들었다. 그러자 마이크 오노 감독은 곧바로 혼조에게 말했다.

"혼조!"

"네."

"교대다!"

"네, 알겠습니다."

혼조는 비장한 얼굴로 곧바로 포수 장비를 착용했다.

19장

개막전(2)

I.

-아! 에릭 알도나도 선수 아직 일어나지 못하고 있습니다. 부상이 심각한 모양인데요.

-조금 전 브라이언트의 방망이가 말도나도의 미트 웹 부분을 때리면서 1회 초 홈 충돌 때 충격을 받은 곳에 심각한 부상을 준 듯합니다. 저건 아프죠.

-아, 포수가 교대가 됩니다.

구현진 역시 걱정스러운 얼굴로 에릭 말도나도에게 말했다.

"괜찮아요?"

에릭 말도나도가 트레이너에게 부축을 받으며 일어났다. 그리고 구를 향해 찡그린 표정으로 조심스럽게 말했다.

"구! 미안하다. 오늘은 널 꼭 승리 투수로 만들어주고 싶었는데. 내 손목이 이래서."

"아니에요, 괜찮아요."

"아니, 사실 너에게 사과해야 해."

"네? 무슨?"

"솔직히 1회부터 손목이 좋지 않았어. 내가 그때 사실대로 말했다면 네가 지금의 위기를 자초하지는 않았을 텐데. 미안하다."

"아니에요, 진짜 그런 말 하지 말고 몸이나 추스르세요."

구현진은 오히려 에릭 말도나도를 걱정했다. 그런 구현진의 모습에 에릭 말도나도가 희미하게 웃으며 말했다.

"넌 정말 착한 아이야. 다른 투수였으면 분명 포수를 탓했을 텐데……. 그런데 너에게 이 말만은 꼭 해주고 싶다. 오늘 네 공은 정말 좋아! 걱정하지 말고 마음껏 던져!"

에릭 말도나도가 구현진을 가볍게 툭툭 친 후 더그아웃으로 걸어갔다. 구현진은 에릭 말도나도의 뒷모습을 보며 조금 전 에릭 말도나도의 말을 곱씹었다.

'너의 공은 정말 좋아! 그러니 마음껏 던져!'

구현진의 가슴이 갑자기 두근두근거렸다. 그리고 자신의 손에 쥔 야구공에 절로 힘이 들어갔다.

"난 지금까지 뭐 하고 있었던 거지?"

구현진이 중얼거리고 있을 때 백업 포수였던 혼조가 나왔다. 혼조는 곧바로 구현진에게 말했다.

"현진아, 준비됐지?"

구현진의 눈이 불타오르기 시작했다.

"나 오늘 다 죽여 버릴 거야!"

"그래, 인마. 이제야 좀 구현진답네. 어깨에 힘 빼고 긴장하지 말고 네 마음대로 던져."

혼조의 말에 구현진이 숨을 깊게 들이마쉰 뒤 내쉬었다. 뭔가 몸이 가벼워지는 듯한 기분이 들었다.

혼조가 씩 웃으며 구현진의 등을 한차례 치곤 물었다.

"설마 사람 맞추려는 것은 아니지? 야, 절대 그러면 안 돼!"

"장난하냐! 어서 자리에나 앉아!"

구현진이 한마디를 한 후 마운드에 올랐다.

혼조가 포수석에 와서 마스크를 썼다. 자리에 앉자 곧바로 리노 브라이언트가 타석에 들어섰다.

'자, 1스트라이크라……. 일단 나의 존재를 알려줄 필요가 있겠지?'

혼조는 재빠르게 손가락을 움직였다. 그 사인을 본 구현진의 두 눈이 크게 떠졌다.

'뭐, 뭐? 다시 보내봐!'

구현진이 재차 사인을 요구했다. 그러자 혼조가 똑같이 사인을 보냈다. 자신이 잘못 본 것이 아니었다.

'시작부터 세게 나가는데? 그래, 나도 불붙었겠다. 한번 해보자.'

구현진이 피식 웃으며 자세를 잡았다. 혼조 역시 리노 브라이언트 몸 쪽으로 바짝 붙으며 엉덩이를 살짝 들었다.

그때 리노 브라이언트의 얼굴 쪽으로 구현진의 포심 패스트볼이 빠르게 날아들었다.

퍼엉!

리노 브라이언트가 화들짝 놀라며 얼굴을 뒤로 젖혔다. 그는 놀란 토끼 눈으로 혼조의 미트를 바라보았다. 이건 따지고 보면 살짝 위험한 위협구였다.

컵스 측 더그아웃에 있던 선수들도 놀라며 뛰쳐나오려 했다. 그러자 리노 브라이언트가 손을 들어 제지했다.

"아니야, 난 괜찮아!"

그러자 컵스 선수들이 다시 더그아웃으로 들어갔다.

구현진은 혼조에게 공을 건네받고 로진백을 툭툭 두드렸다. 리노 브라이언트가 실실 웃으며 타석에 들어섰다.

"재미있네."

중계진 역시 얼굴 쪽으로 날아드는 구현진의 공을 리플레이로 보며 고개를 가로저었다.

-오오, 구, 저러면 안 되죠.

-맞습니다. 아무리 화가 나더라도 저런 위협구는 퇴장감이죠.

-하지만 수심은 괜찮다고 판단한 모양입니다. 게다가 브라이언트도 웃고 있는군요.

-여기서 슈퍼스타의 대범함이 나오는 거죠. 루키의 도발에 쉽게 응해주지 않아요.

한국 중계진 역시 그 장면을 리플레이하며 말했다.

-위협구는 맞지만 빈볼은 아니에요. 브라이언트 선수가 오버하는 거 아닙니까?

-네, 그렇죠. 저기 보십시오. 포수 역시 저쪽으로 공을 달라고 하지 않습니까? 게다가 포수의 미트가 있는 곳에 정확하게 들어갔어요.

-아무래도 조금 전 브라이언트의 방망이에 말도나도가 부상으로 실려 나가지 않았습니까? 팀원에 대한 복수…… 라 생각해도 될까요?

-복수라기보다는 일종의 경고라고 해야겠죠.

-그렇네요. 확실히 2구는 제대로 던졌습니다.

-역시 구현진 선수입니다. 하지만 무사 만루의 위기는 계속

되고 있습니다. 과연 바뀐 포수와의 호흡은 어떨지. 이번 위기를 무사히 막을 수 있을지 지켜봐 주시기 바랍니다.

1스트라이크 1볼인 상황에서 혼조는 3구째 사인을 보냈다.

'이번에는 바깥쪽 체인지업이야. 약간 높은 곳에서 떨어지는 스트라이크성 공.'

그 사인을 본 구현진이 또 한 번 고개를 갸웃했다. 에릭 말도나도라면 저런 사인을 절대 내지 않았을 것이다.

하지만 혼조는 구현진의 공을 잘 알고 있기에 과감하게 요구했다.

'진짜야?'

혼조는 똑같은 사인을 다시 보냈다. 구현진이 자세를 풀고 투구판에서 다리를 풀었다. 그 순간 리노 브라이언트가 타임을 요청했다.

"타임!"

-구와 혼조의 사인이 서로 맞지 않는 모양입니다.

-갑작스럽게 포수가 바뀌었으니 그럴 수도 있습니다.

-하지만 지금 앉아 있는 포수는 혼조 토모이츠입니다. 트리플 A에서 구의 공을 가장 많이 받은 포수이기도 합니다.

-그렇다면 두 사람의 케미에는 문제가 없어 보이는데요? 그

런데 왜 그러죠?

-글쎄요…….

타임을 요청했던 리노 브라이언트가 다시 타석에 들어섰다. 혼조 역시 구현진에게 사인을 보냈다. 그런데 세 번째 사인에서도 똑같았다.

순간 구현진 망설였다. 그러자 혼조가 미트를 팡팡 치며 소리쳤다.

"뭘 머뭇거려! 어서 던져!"

혼조의 외침에 구현진이 피식 웃었다.

"그래. 내 공을 가장 많이 받아본 놈의 말인데 믿어야지."

구현진에게서 망설임이 사라졌다. 투구판을 밟고 서 있는 구현진에게서 굳건함이 내비쳤다. 그리고 혼조가 원하는 코스로 힘차게 공을 던졌다.

망설임이 사라지면서 구현진은 어깨에 힘도 풀리고, 공을 낚아채는 실밥도 확실하게 느껴졌다. 이제야 편안한 느낌이 들었다.

"어디 칠 테면 쳐봐라!"

구현이 이를 악물고 공을 내던졌다.

"걸렸다."

리노 브라이언트의 방망이가 또 한 번 움직였다.

홈 플레이트 바깥쪽으로 걸쳐 들어오는 체인지업이었다. 그러나 이번에는 밋밋하게 떨어지지 않았다.

홈 플레이트 앞에서 완벽하게 가라앉으며 '이것이 바로 구현진의 체인지업이다'라고 보여주는 듯했다.

하지만 역시 리노 브라이언트였다. 그는 완벽하게 제구되어 떨어진 체인지업을 무릎을 살짝 구부려 건드려 냈다.

딱!

공의 윗동을 때렸는지 타구가 바로 앞에서 바운드가 되며 구현진의 얼굴 방향으로 날아갔다. 순간 놀란 구현진은 몸을 웅크리면서도 오른손을 날아오는 공을 향해 뻗었다.

팟!

이 모든 것이 순식간에 벌어졌다.

공은 구현진이 뻗은 글러브 안으로 쏙 들어갔다. 구현진 역시 공이 들어온 것을 느낄 수 있었다.

"자, 잡았어?"

구현진이 놀라며 글러브 안을 확인했다. 약간 누런 공이 그곳에 있었다. 그때 혼조의 외침이 들려왔다.

"뭐 하고 있어! 빨리 던져!"

구현진이 화들짝 놀라며 공을 빼내 혼조에게 던졌다. 혼조의 발이 홈 플레이트를 밟고 있었다. 무사 만루이기 때문에 홈 플레이트를 밟고 있어도 아웃이 되었다.

그리고 혼조가 공을 빼내 1루로 던지려고 했다.

그런데 리노 브라이언트가 공을 던질 라인을 가로막고 있었다.

혼조가 재빨리 바깥으로 두어 걸음 이동한 후 1루로 송구했다. 혼조는 메이저리그 첫 출장임에도 침착하게 수비를 조율하여 리노 브라이언트를 아웃시켰다.

이렇게 더블 플레이가 만들어졌다.

-오오, 첫 출전 하는 혼조 선수! 정말 침착하게 잘 던졌습니다.

-그렇습니다. 그 상황에서 재빨리 판단하여 투수에게 지시하는 것부터 1루 송구까지. 정말 완벽한 대처였습니다. 과연 오늘이 첫 출전인 선수가 맞는지 의심스러울 정도입니다.

-저도 그리 생각합니다. 정말 오늘 처음 출전한 선수 맞습니까? 마치 베테랑처럼 행동했어요.

-아무래도 오늘 두 명의 루키가 일을 낼 것만 같습니다.

-저도 기대가 되네요.

중계진은 아낌없이 혼조를 칭찬했다.

구현진 역시 중계진의 기대에 보답하듯 마지막 4번 앤소니 조브리스트를 포수 파울 플라이 아웃으로 잡으며 무사 만루의 위기를 실점 없이 무사히 벗어났다.

이에 중계진들은 포수 혼조를 끝없이 칭찬했다.

-3회 초, 에인절스가 무사 만루의 위기를 벗어났습니다. 위태로웠던 에인절스. 에릭 말도나도의 부상으로 더욱 부담스러웠을 텐데, 도리어 새로 들어온 혼조가 완벽하게 수비를 이끕니다.

-조금 전 혼조의 플레이는 다시 봐도 좋았습니다.

구현진이 더그아웃으로 들어가는 혼조에게 다가갔다.

"이야, 제법인데? 네 덕분에 살았다. 어떻게 그렇게 침착하냐?"

"인마, 내가 이 자리에 서기 위해 몇 년을 노력했는데. 이 정도는 당연하지. 그리고 너! 제발 정신 좀 차려라. 너 때문에 내가 아주 조마조마해서 못 살겠다."

"알았다, 알았어. 이제부터 제대로 던져줄게!"

그 이후 구현진과 혼조 배터리는 그야말로 환상의 호흡을 자랑하며 컵스의 강타선을 잠재우기 시작했다.

4회 초 컵스의 5번, 6번, 7번 세 타자들은 모두 범타로 타석에서 물러서야 했다. 구현진이 처음으로 삼자범퇴 이닝을 만든 것이었다.

5회 초 역시 8번, 9번, 1번 타자들을 연속 삼진으로 돌려세우며 삼자범퇴 이닝을 만들었다. 구현진의 포심 패스트볼이 살아나면서 변화구까지 빛을 발하였고 마침내 구현진이 제 실력을 뽐내기 시작했다.

-구가 살아났어요, 구가!

-정말 엄청난 피칭을 이어가고 있습니다.

-단지 포수 한 명 바뀌었을 뿐인데 말이죠.

-하지만 에인절스가 점수를 뽑아줘야 할 텐데요. 에인절스 타선 역시 조 렉키에게 꼼짝 못 하고 있습니다.

6회 초.

구현진은 2번 벤 러셀을 2루수 땅볼 아웃으로 잡은 후 또다시 리노 브라이언트를 상대했다. 지금까지 구현진은 리노 브라이언트를 두 번 상대해 한 번의 안타를 내준 상태였다.

-리노 브라이언트가 타석에 들어섰습니다. 오늘 브라이언트는 2타수 1안타. 그 1안타가 바로 첫 타석에서 날린 대형 3루타입니다. 운이 조금만 좋았다면 인 사이드 더 파크 홈런이 될 뻔했죠.

-네, 그렇습니다. 하지만 구의 구위가 살아난 만큼 이번 3번째 대결이 가장 흥미롭습니다.

-저도 기대가 됩니다.

리노 브라이언트의 등장에 관중들이 '홈런! 홈런! 홈런!'이라고 연호하기 시작했다. 솔직히 호주 관중들은 어느 팀이 이기든 상관이 없었다. 그저 슈퍼스타인 리노 브라이언트의 홈런이 보고 싶을 뿐이었다.

리노 브라이언트 역시 그 환호를 들으며 피식 웃었다. 그리고 뜬금없이 베이브 루스 흉내를 내기 시작했다. 방망이를 들어 좌측 담장을 가리켰다. 바로 홈런을 치겠다는 예고였다.

루키인 구현진의 마인드를 흔들겠다는 작전이었다.

그 순간 관중들의 환호성은 더욱 커졌다.

"와아아아아아!"

-하핫! 저거 보십시오. 브라이언트가 베이브 루스의 퍼포먼스를 흉내 내고 있습니다.

-아! 예고 홈런을 말하는 거군요. 과연 브라이언트가 예고했던 대로 홈런을 칠 수 있을까요?

구현진은 리노 브라이언트의 예고 홈런에 어이없었다.

"허, 어이가 없네. 무슨 짓이야?"

구현진이 기막혀했고, 혼조 역시 그러했다. 갑자기 혼조가 사인 없이 무릎을 살짝 세워 얼굴 높이로 미트를 들었다. 그 모습을 보고 구현진이 피식 웃었다.

"역시 내 맘을 알아주는 녀석은 혼조밖에 없다니까!"

구현진이 힘껏 공을 던졌다.

퍼어엉!

[99mile/h(≒159㎞/h)]

전광판에 구현진의 구속이 선명하게 찍혔다.

"우오오오오!"

관중들이 구속을 확인하고 환호성을 질렀다.

반면 리노 브라이언트는 또다시 얼굴 높이로 공이 날아오자 얼굴을 뒤로 젖혔다.

얼굴로 99mile/h의 공이 날아들자 리노 브라이언트도 이번에는 화들짝 놀랄 수밖에 없었다. 그는 얼굴을 잔뜩 일그러뜨리고 구현진을 노려봤다.

"이 새끼들 봐라."

이번에는 리노 브라이언트도 확실하게 짜증이 났다. 한 번도 아니고, 두 번이나 그것도 고의로 얼굴로 향하는 위협구를 던졌다. 이번 공은 생명의 위협까지 느꼈을 정도였다.

"한번 해보자, 이거지? 빌어먹을 루키 놈들."

리노 브라이언트가 중얼거렸다. 그러자 혼조가 나직이 말했다.

"그러게, 먼저 도발을 하지 말았어야죠."

리노 브라이언트가 방망이를 쥔 손에 잔뜩 힘을 주었다.

그것을 확인한 혼조의 입가로 스르륵 미소가 번졌다.

딱!

후앗!

딱!

퍼엉!

리노 브라이언트의 집중력이 최고조에 올랐다. 스트라이크 존으로 들어오는 어떤 공이든 파울을 만들었다. 구현진이 어떤 공을 던지든 말이다.

총 8구까지 던졌는데도 그것마저 파울을 만들어내고 있었다. 구현진의 표정이 점점 안 좋아졌다.

리노 브라이언트는 코너워을 중심으로 포심 패스트볼을 던져도 어떻게든 걷어내 파울로 만들었다. 체인지업도, 슬라이더도 마찬가지였다. 게다가 바깥으로 빠지는 공에는 꿈쩍도 하지 않았다.

구현진도 그렇고 리노 브라이언트도 최고의 집중력을 보이고 있었다.

"하아, 하아. 끈질기네."

구현진이 중얼거렸다. 그러자 리노 브라이언트도 낮게 중얼거렸다.

"하나만 걸려라! 실투 하나만……."

그사이 혼조는 9구째 사인을 보내고 있었다. 바로 몸 쪽 하이 패스트볼이었다. 하지만 아슬아슬하게 걸리게 던지라고 요구했다.

"하여간 까다로운 공만 요구한다니까. 그렇다고 아예 못 던질 곳도 아니게."

구현진이 중얼거리며 천천히 키킹과 함께 힘껏 공을 던졌다. 혼조의 미트를 향해 공이 빠르게 날아갔다.

리노 브라이언트는 방망이를 힘껏 돌렸다.

'힘으로 찍어 누르면 돼!'

리노 브라이언트의 그 생각을 하며 방망이를 휘둘렀다. 그런데 공이 거의 손잡이 안쪽 부분을 스치며 미트 속으로 빨려 들어갔다.

퍼엉!

"스트라이크! 타자 아웃!"

구현진은 세 번의 타석 만에 리노 브라이언트를 삼진으로 잡아냈다. 총 9개의 공을 던질 만큼 팽팽한 승부였다.

리노 브라이언트가 탄식을 내뱉으며 힘없이 더그아웃으로 걸어갔다.

구현진 역시 두 손을 불끈 쥐었다.

"좋았어!"

중계진도 박수를 보내고 있었다.

-보셨습니까? 구현진이 마침내 브라이언트를 삼진으로 돌려세웠습니다.

-대단하네요. 루키로 이루어진 배터리가 컵스의 괴물 리노 브라이언트를 잡아내고 말았습니다.

마이크 오노 감독도 그 모습을 지켜보며 피식 웃었다.

"후후. 저놈들 장난 아니네."

그렇게 중얼거리고는 뒤에 있는 수석코치에게 말을 걸었다.

"지금 투구 수 몇 개지?"

"잠시만요."

수석코치가 구현진의 투구 수를 체크했다. 3회까지만 해도 60개 가까이 던졌었다. 하지만 혼조가 들어온 4회부터 페이스가 좋아지더니 상대 타자들을 빠르게 삼진으로 돌려세우기 시작했었다.

그렇게 6회까지 던진 공은 생각보다 많지 않았다.

"네, 확인해 보니 투구 수는 86구입니다."

"86구라……."

마이크 오노 감독이 낮게 중얼거렸다. 그러자 수석코치가 조심스럽게 말했다.

"이제 개막전입니다. 무리시킬 필요가 없을 것 같은데요. 원래 5회까지 던지게 할 생각이셨지 않습니까."

수석코치의 말에도 마이크 오노 감독은 생각에 잠겨 있었다.

"감독님……."

수석코치가 조심스럽게 불렀다. 마이크 오노 감독은 대답하지 않았다.

'일단 100구를 한계 투구로 보고, 아직 14개 정도 남았네. 이 정도면…….'

마이크 오노 감독이 수석코치에게 말했다.

"일단 한 회 정도 더 던져도 되겠네."

마이크 오노 감독이 6회를 마치고 온 구현진에게 다가갔다. 구현진은 수건으로 땀을 닦다가 마이크 오노 감독이 다가오자 눈을 끔뻑였다.

"구! 한 이닝 더 맡길 생각이야. 다음 이닝이 마지막이니까, 너 하고 싶은 거 다 해."

그 말을 듣자 구현진의 표정이 환해졌다.

"정말입니까?"

"그래."

"네, 알겠습니다."

구현진이 기뻐하고 있을 때 매니 트라웃이 구현진에게 다가

왔다.

"구, 걱정하지 마. 이번 타석에서 무슨 수를 쓰더라도 점수를 뽑아줄 테니까."

"네, 믿고 있겠어요."

매니 트라웃이 고개를 끄덕인 후 대기타석에 나갔다. 그리고 6회 말에 놀라운 일이 벌어졌다.

에인절스는 8번, 9번이 아웃 되면서 이번 이닝도 삼자범퇴로 끝나나 싶었다. 그런데 1번 파투 에스코바가 빗맞은 안타로 출루하고, 2번 안드레이 시몬스는 네 개의 볼을 걸러내며 진루하였다.

6회가 되며 체력적인 한계가 찾아온 것인지 조 렉키의 제구력이 흔들리기 시작한 것이다.

그리고 때마침 매니 트라웃이 타석에 들어섰다. 1구를 지켜본 매니 트라웃은 2구 커브에 헛스윙했다.

그때 커브가 원 바운드 되면서 포수가 그것을 놓치면서 공이 뒤로 빠져 버렸다.

그사이 1, 2루에 있던 주자가 한 베이스씩 진루했다.

2, 3루 위기에 몰린 조 렉키는 오랫동안 호흡을 고른 뒤에 힘껏 공을 던졌다. 그와 동시에 매니 트라웃의 방망이가 가볍게 돌아갔다.

딱!

공이 높이 치솟으며 좌중간으로 날아갔다. 컵스의 좌익수 카일 슈버가 뛰어갔지만, 공은 펜스를 맞고 튕겨 나왔다.

그사이 파투 에스코바에 이어 안드레이 시몬스가 홈을 밟았다. 5회까지 삼진 했던 경기에 마침내 선취점이 올라가는 순간이었다.

"크아아!"

매니 트라웃은 2루에 안착한 후 손뼉을 치며 기뻐했다.

"……진짜 치네."

구현진이 놀란 눈으로 팔을 들어 올려 팬들의 환호에 화답하는 매니 트라웃을 봤다. 그는 저번에도 점수를 올려준다고 말해놓곤 타석에 나가 홈런을 때려냈었다.

"신기라도 있는 거 아냐?"

구현진이 고개를 갸웃하며 중얼거렸다.

하지만 6회 말 공격은 이후 후속타가 불발되며 그대로 마무리되었다.

구현진은 한층 밝아진 표정으로 7회에 올라섰다. 팀이 먼저 2점을 뽑아주어 어깨마저 가벼웠다. 마운드에 서서 두 팔을 벌려 호흡을 골랐다.

"후우……."

그리고 혼조를 향해 전광판을 가리켰다.

"우리가 2점 앞서고 있어. 무슨 뜻인지 알지?"

혼조가 빙긋 웃으며 고개를 끄덕였다.

"그래!"

"편하게 가자! 아니다, 내 스타일 알잖아."

"알지! 너어어어어무 잘 알아서 탈이지만."

혼조 역시 피식 웃으며 미트를 팡팡 때렸다. 구현진이 왜 저런 말을 하는지 알고 있었다. 그리고 마이너리그에서 닥터 K로 불렸던 그가 드디어 각성을 시작했다.

"너 진심이냐?"

"그럼! 이제부터 모든 타자를 삼진으로 잡을 거야."

"그래! 너의 또라이 짓을 누가 말리냐. 그러다가 처맞지나 마라."

"장난해! 안 맞아."

"알았다! 어쨌든 포심으로 갈 거지?"

"당연하지! 난 포심이잖아!"

"하여간 진짜 못 말리겠다."

혼조는 포수석에 앉으며 사인을 보냈다. 그리고 전에 보여주지 않았던 초 공격적인 볼 배합을 했다.

그에 화답하듯 구현진 역시 초 공격적인 피칭을 보여주었다.

퍼엉!

"스트라이크!"

펑!

"스트라이크!"

구현진의 꿈틀거리는 포심 패스트볼이 여지없이 미트에 꽂혔다. 구현진이 던진 공은 대부분 한복판이었다.

하지만 그것에 현혹되어서는 안 되었다. 한복판이라도 포심 패스트볼만 있는 것이 아니었다.

가장 무서운 것은 포심 패스트볼 사이사이에 들어오는 체인지업이었다. 스트라이크존 한복판으로 날아오던 공이 순간적으로 시야에서 사라졌다. 이에 포심 패스트볼 타이밍을 노리던 컵스의 타자들로서는 허공을 가를 수밖에 없었다.

그리고 슬라이더. 에릭 말도나도도 인정했던 슬라이더는 경기 초반을 제외하곤 잘 보여주지 않았기 때문에, 컵스의 타자들은 몸 쪽으로 휘어져 들어오는 공에 방망이를 휘두르지 않을 수 없었다.

-삼구삼진!

-갑자기 구의 투구가 공격적으로 바뀌었습니다.

-오랜 시간 호흡을 맞춘 포수 덕분일까요? 아니면 2점 차 리드하고 있다는 것에 자신감이 붙었을 수도 있겠습니다. 구현진, 전혀 힘들어하고 있지 않아요.

구현진은 다음 타자 역시 바깥쪽으로 두 개의 공을 던져

2스트라이크를 잡았다. 타자는 승부구가 몸 쪽으로 들어올 것이라고 예상하고 기다리고 있었다.

'투구 패턴으로 보면 몸 쪽이야!'

그런데 3구째마저 바깥쪽 백도어성 슬라이더가 들어오며 타자는 삼구삼진으로 아웃이 되어버렸다.

구현진-혼조 배터리의 공격적인 볼 배합이 도리어, 타자들의 허를 찌르고 있었다.

지금 상태에서는 그 누구도 구현진의 공을 치지 못할 것 같았다. 관중들 역시 구현진의 투구에 푹 빠져들었다.

구현진은 마지막 타자마저 3개의 공으로 깔끔하게 삼진을 잡아냈다. 세 타자 연속 삼진. 9개의 공으로 7회 초를 막아낸 구현진이 마운드에서 내려왔다.

-구현진의 당당한 모습을 보세요. 어느 누가 그를 루키라 믿겠습니까.

-세 타자 연속 삼구삼진! 정말 믿을 수 없는 일입니다.

-구현진 선수, 피칭으로 자신이 닥터 K라는 것을 증명하였습니다.

구현진이 유유히 더그아웃으로 돌아왔다.

그 모습을 본 마이크 오노 감독은 당혹스러웠다.

'이닝이 거듭될수록 집중력이 좋아지는 건가? 초반보다 도리어 구속이 빨라지고 승부도 대범하게 풀어내는군.'

게다가 던지는 공 하나하나에 힘이 실려 있었다. 무엇보다 한복판으로 거침없이 던질 수 있는 대담함까지 가지고 있었다.

마이크 오노 감독은 혼조 역시 눈여겨보았다. 혼조는 상대 팀 타자의 생각을 역으로 이용하며 리드를 펼치고 있었다. 에릭 말도나도와는 전혀 다른 공격적인 리드를 선보이고 있었다.

'도대체 저 녀석들 뭐야?'

마이크 오노 감독이 놀라고 있을 때 구현진이 다가왔다. 마이크 오노 감독이 구현진을 향해 말했다.

"구, 수고해……."

그러자 구현진이 마이크 오노 감독의 말을 잘랐다.

"감독님! 저 더 던질래요."

"응? 뭐라고?"

"저 더 던지고 싶어요."

"구, 충분히 많이 던졌어."

"아니요. 전 아직 분이 안 풀렸어요. 아직 많은 에너지가 남아 있어요."

구현진의 강한 의지가 담긴 말에 마이크 오노 감독이 고민했다. 속으로는 솔직히 구현진이 저렇게 말하는 것이 무척이나 맘에 들었다.

투수코치가 나섰다.

"안 됩니다. 지금 교체해야 합니다."

구현진의 시선이 투수코치에게 향했다.

"괜찮아요. 아직 팔팔합니다."

"구, 시즌은 길어! 초반부터 너무 무리하지 마."

"하지만 전 아직 점수를 주지 않았어요. 완봉을 향해 가고 있잖아요."

"그러나 넌 투구 수가……."

마이크 오노 감독이 손을 들었다.

"있어 봐, 코치! 구, 너 그러다 오늘 질 수도 있어."

"안 질 겁니다. 이길 자신 있어요."

"좋아, 이렇게 하자. 지금부터 안타를 하나라도 맞으면 강판이야. 그리고 홈런 하나 맞으면 너 마이너리그 강등이야."

순간 구현진의 눈동자가 크게 흔들렸다. 그러나 이내 결심을 했는지 입을 열었다.

"까짓것 그렇게 하죠!"

마이크 오노 감독이 씨익 웃었다.

'농담으로 한 말인데……. 배짱 하나는 정말 마음에 드는군.'

마이크 오노 감독은 농담 삼아 '실점하면 마이너리그'라고 던져봤다. 그런데도 구현진은 던지겠다고 나섰다. 이런 배짱이 마이크 오노 감독은 정말 좋았다.

'후훗, 정말 오랜만이야. 이런 녀석이 나타난 것은.'

마이크 오노 감독은 구현진에게서 에이스가 지녀야 할 자질을 엿볼 수 있었다.

'이런 호승심이 이 녀석의 성장을 가속시키는 건가?'

마이크 오노 감독은 흐뭇한 얼굴로 말했다.

"좋아. 내기 성립이다. 나중에 딴말하기 없기다."

"네."

구현진이 다시 자신의 자리로 갔다. 투수코치가 조심스럽게 다가와 말했다.

"정말 내려보내시게요?"

"그냥 해본 소리지! 하지만 저 녀석을 보면 말이야, 뭔가 나도 뜨거워진다고. 자네 요새 저런 말 하는 투수 본 적 있나? 성적 관리, 승패 관리 하는 녀석은 있어도 승부욕이 있는 녀석은 드물어. 꼭 이기고 말겠다는 마음 말이야. 난 저 녀석의 저 순수한 승부욕이 마음에 드네. 뭔가 기대하게 되지 않나?"

마이크 오노 감독이 약간 흥분한 듯 얘기했다. 투수코치는 그런 마이크 오노 감독의 모습을 오랜만에 보았다. 그리고 조용히 뒤로 물러났다.

구현진은 마이크 오노 감독과 내기도 했고, 이대로 9회까지 던지고 싶은 욕심이 생겼다.

"야, 혼조!"

"왜?"

"우리 오늘 완투하자!"

"완투? 갑자기 뭔 말이야?"

"아무튼, 완투하자고! 나 오늘 9회까지 던지고 싶어."

"던질 수 있겠냐?"

"던질 수 있는 것이 아니라, 던져야 해!"

"그래, 알았다. 네 고집을 누가 말리겠냐."

"고맙다!"

9회까지 던지기 위해서는 8회에 최소한의 투구 수로 경기를 풀어나가야만 했다. 그런 만큼 맞혀 잡을 필요가 있었다. 구위에서만큼은 밀리지 않을 자신이 있었기에 사인을 줄 혼조에게도 미리 이야기해 두었다.

8회에도 마운드에 오른 구현진은 컵스의 첫 번째 타자가 초구를 건드려 줘 투수 앞 땅볼로 손쉽게 아웃카운트를 잡았다.

상대 타자는 갑자기 묵직해진 공에 힘을 제대로 싣지 못했다.

다음 타자는 삼구삼진으로 잡아냈다. 컵스는 어떻게든 살아 나가려고 기습번트까지 댔다. 하지만 워낙에 힘 있는 공이었고, 구속 또한 빨라서 제대로 번트를 대지 못했다.

결국, 번트로 댄 공이 포수 위 플라이가 되며, 혼조가 그것을 받아냈고 컵스는 8회 역시 삼자범퇴로 물러서야만 했다.

구현진이 더그아웃으로 왔을 때 투수코치가 다가왔다.

"잘했어! 얼음찜질하러 가자."

"아직 9회 남았잖아요."

"뭔 소리야! 이미 100구가 되었어."

"안 돼요! 감독님과 약속했어요. 아직 안타도 안 맞았고, 점수도 주지 않았어요. 무엇보다 한 이닝만 더 막으면 완봉승인데 그걸 빼앗을 생각이십니까?"

구현진의 말에 투수코치는 입을 다물었다. 구현진이 고개를 내밀어 마이크 오노 감독을 보았다. 그리고 손가락 하나를 펼쳐 자신의 의지를 드러냈다.

'감독님, 아직 안타도 안 맞았고, 점수도 안 내줬어요. 이제 1이닝 남았어요. 제가 마무리 짓겠습니다.'

그러자 마이크 오노 감독이 피식 웃었다. 구현진은 전광판까지 손으로 가리켰다.

'전광판을 보세요. 전광판! 아직 점수 0이라고요.'

'알았다, 알았어. 네 녀석 맘대로 해.'

그 장면이 중계석 카메라에 잡혔다.

-어? 지금 마이크 오노 감독이 웃고 있어요. 왜 웃는 거죠?

-지금 구와 눈빛을 주고받는 것 같아요. 게다가 구가 어딜 가리키고 있네요. 어디죠?

-전광…… 판 같은데요? 점수 안 내줬다고 말하는 건가요?

-구가 9회에도 던지고 싶다고 어필하는 것 같습니다. 그때문에 마이크 오노 감독이 웃고 있는 거군요.

-루키가 첫 등판에 완봉승이라……. 혹시 기록에 있습니까?

-글쎄요……. 한 번도 없었던 것 같은데요.

-그럼 구현진이 기록하는 건가요?

한편, 리노 브라이언트가 에인절스 더그아웃을 바라보고 있었다. 구현진이 준비하고 있는 것을 보니 9회에도 나올 모양이었다.

"잘 됐다. 9회 마지막 타석에서 꼭 널 끝내주겠어."

리노 브라이언트가 독기를 품으며 다짐했다. 그런 사이 8회 말 매니 트라웃이 보란 듯이 좌중월 솔로 홈런을 터뜨렸다. 홀로 3타점을 올리며 왜 그가 메이저리그 최고의 타자인지를 증명하고 있었다.

에인절스가 3 대 0으로 앞선 상황.

구현진이 9회 완봉승을 위해 다시 마운드에 올랐다. 그러자 이번에는 관중들이 구현진을 향해 박수를 보내주고 있었다. 매니 트라웃이 중견수 위치로 향하다가 구현진에게 다가갔다.

"구! 몇 점이든 내줘. 내가 9회 말에 아니, 우리 팀이 반드시 점수를 뽑아줄 테니까. 그러니까 마음껏 던져!"

"네!"

매니 트라웃이 구현진의 부담을 덜어준 뒤 수비 위치로 뛰어갔다.

그의 뒷모습을 보며 구현진이 중얼거렸다.

“멋있다. 나도 언제 한번 써먹어야지. 부담 없이 쳐. 내가 다 막아줄 테니까. 괜찮은데?”

구현진은 매니 트라웃의 뒷모습을 보며 중얼거렸다.

구현진은 9회 초 첫 타석에 들어온 2번 타자를 삼구삼진으로 잡아냈다. 마지막 결정구로 우타자 가슴팍을 공략하는 높은 하이 패스트볼을 던져 헛스윙을 이끌어냈다. 그때 나온 구속은 98mile/h(≒158㎞/h)이었다.

-오오오! 98mile/h! 100구를 넘겼는데도 여전히 구속은 살아 있습니다.

-정말 대단한 루키가 나타났네요. 메이저리그의 각 구단, 선수 팬들까지 모두 구를 주목할 수밖에 없겠습니다.

구현진은 마지막 9회에 들어서면서 모든 생각을 내려두었다. 투구 수라든지 상대 타자를 어떻게 잡을 것인지 생각하지 않았다. 오로지 혼조의 사인에 따라 오직 힘껏 공을 던질 뿐이었다.

첫 타자가 삼진으로 물러나고 타석에 리노 브라이언트가 들어섰다.

그를 상대로 구현진은 포심 패스트볼을 던졌다. 그런데 공이 어중간한 높이로 날아가 버렸다. 던진 순간 아차 싶은 실투였다.

리노 브라이언트가 몸 쪽으로 파고 들어오는 공을 놓치지 않고 힘껏 때렸지만, 힘에 밀리며 타구는 백네트로 날아갔다.

'제기랄! 그걸 놓치다니.'

리노 브라이언트가 아쉬움에 펄쩍 뛰었다. 구현진 역시 실투로 던졌던 공이 백네트로 날아가자 표정이 바뀌었다.

'어라? 힘에 밀리네. 그럼 봐줄 필요가 없잖아!'

구현진은 힘으로 이겨냈다고 생각하자 자신감이 붙었다. 그리고 2구를 던졌는데 리노 브라이언트의 방망이가 또다시 밀리며, 타구가 백네트로 향했다.

리노 브라이언트의 얼굴이 점점 붉어졌다. 자존심이 무척이나 상했다.

혼조는 리노 브라이언트의 반응을 보고 피식 웃었다. 벌써 두 개의 파울로 노 볼 투 스트라이크인 상황. 망설일 이유가 없었다. 혼조가 구현진에게 사인을 보냈다.

'지금이야! 지금이면 분명히 완벽한 헛스윙을 만들 수 있어.'

혼조가 낸 사인을 바로 체인지업이었다. 그것도 한복판으로 날아오다 떨어지는 것을 요구했다.

구현진의 눈이 커졌다. 그러다가 가볍게 고개를 끄덕였다.

'그래. 침착하자, 구현진. 할 수 있어.'

구현진이 속으로 중얼거렸다. 글러브 안에서 체인지업 그립을 잡은 후 천천히 키킹을 하였다.

그리고.

한가운데에 있는 미트를 향해 힘껏 공을 던졌다.

후앗!

구현진이 던진 공이 힘껏 날아갔다.

리노 브라이언트는 공이 나오는 지점을 보고 이번에도 포심 패스트볼이라 생각하고 빠르게 방망이를 돌렸다.

그런데 날아오는 공이 조금 느렸다. 하물며 홈 플레이트 앞에서 가라앉으며 사라졌다.

"윽!"

리노 브라이언트가 단발의 비명과 함께 한쪽 무릎을 꿇었다. 방망이마저 손에서 미끄러져 더그아웃까지 날아갔다. 리노 브라이언트는 그 상태로 고개를 푹 숙였다.

그사이 주심의 콜이 들려왔다.

"스트라이크! 타자 아웃!"

리노 브라이언트는 꼴사나운 모습을 보이며 헛스윙 삼진을 당했다.

구현진이 리노 브라이언트를 삼진으로 돌려세우며 크게 포효했다.

"우오오오오오!"

그리고 마지막 타자도 깔끔하게 처리한 후 경기를 끝냈다.

구현진이 메이저리그 데뷔전에서 9이닝 완봉승을 거두는 순간이었다.

동료들이 달려와 축하를 했고, 구현진은 혼조와 포옹하며 기쁨을 나누었다.

마이크 오노 감독은 손뼉을 치며 구현진의 완봉승을 축하해 주었다. 혼조가 미트 속에서 공을 꺼내 구현진에게 내밀었다.

"자! 너의 첫 완봉승! 축하한다!"

공을 받은 구현진이 피식 웃었다.

"고맙다! 네가 아니었으면 못 했을 거야."

두 사람은 다시 포옹하며 기쁨을 나누었다.

잠시 후 메이저리그 홈 페이지 메인 화면에 구현진이 포효하는 모습과 허탈한 표정을 짓고 있는 브라이언트의 사진이 실렸다.

[에인절스의 루키 구현진, 호주 개막전에서 완봉승을 거두다!]

그리고 스포츠 신문에도 똑같은 사진과 함께 이 같은 문구가 달렸다.

[컵스의 리노 브라이언트 굴욕!]

[구! 브라이언트를 집어삼키다!]

To Be Continued

Wish Books

흙수저 판타지 장편소설

회귀자 사용설명서

어느 날, 이세계로 소환되었다.

짐승들이 쏟아지고, 믿을 수 없는 위기가 닥쳐오나.
가지고있는 재능은 밑바닥.

[플레이어의 재능수치는 최하입니다.]
[거의 모든 수치가 절망적입니다.]

선택받은 용사든, 재능 있는 마법사든,
시간을 역행한 회귀자든.
모든 것을 이용해야 한다.

살아남기 위해.

"쓰레기면 뭐 어떻습니까. 살아남기 위해서
뭔 짓인들 못 하겠어요?"